弾丸メシ

堂場瞬一

集英社文庫

弾丸メシ

目次

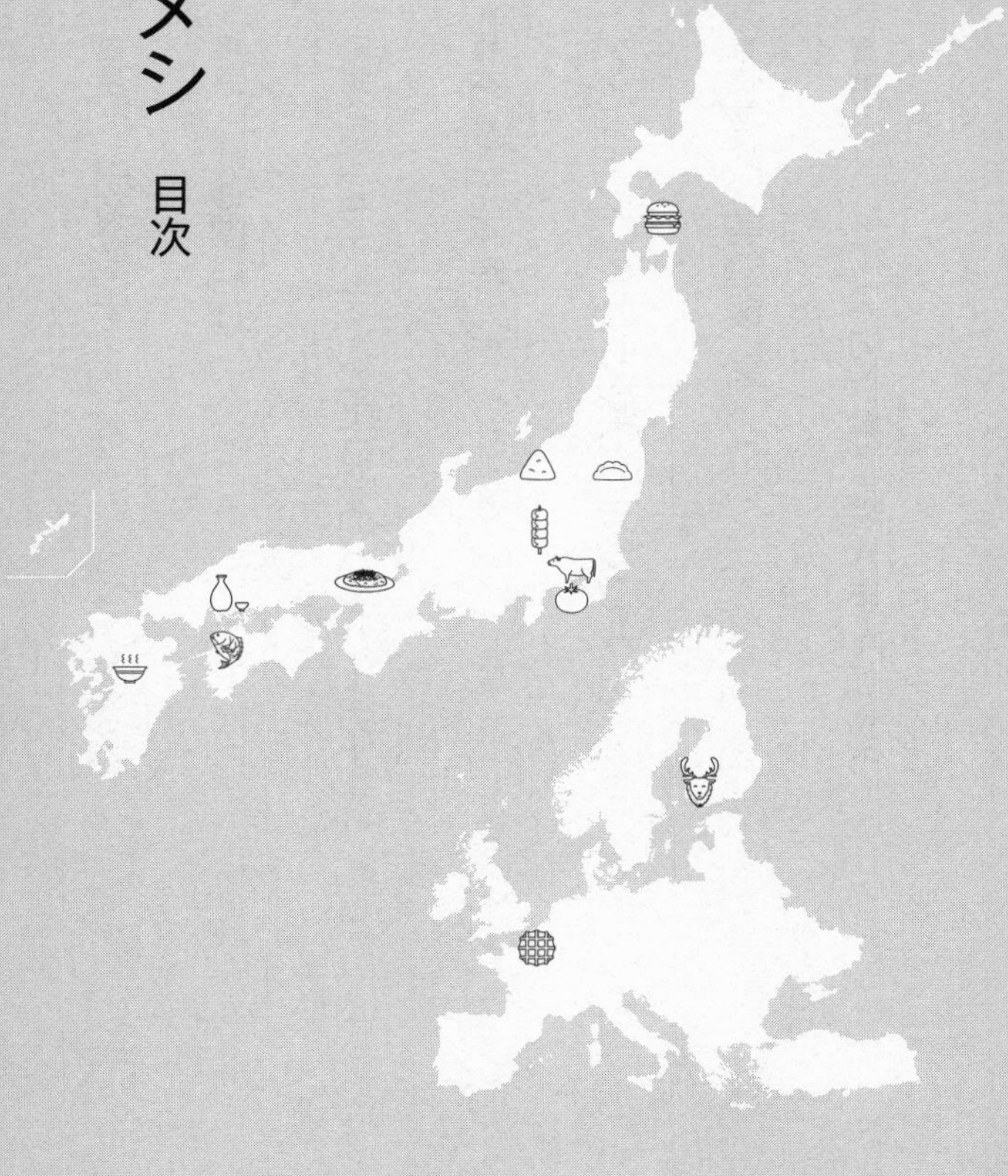

弾丸メシ

第1回

福島

円盤餃子

打ち上げで飯を食べていると、だいたいろくなことにならない。

二〇一七年十二月。『時限捜査』の打ち上げは神保町《じんぼうちょう》の中華料理店だった。その最中、食事というか料理で何かコラムでもやらないか、という話になった。こういう話題は、気楽な飯の席ではよく出る。

「いや、俺、忙しいんだけどね」まず否定、がお約束だ。仕事を引き受け過ぎなのは、自分でも分かっている。

「業界一忙しいのはよく分かってますけど、小説じゃなくてコラムなら大丈夫でしょう」

「コラムだって小説だって、書く手間は一緒だよ」

「でも、料理なら得意ジャンルでしょう？」

「実際に作るわけ？　となると、キッチンスタジオやカメラマンを用意したりして、かなり面倒なことになるよ」

「じゃあ、食べる方では？」

「あれかい？　全国あちこちに行って名物を食ってウンチクを語るみたいな？　昭和の

文豪かよ」

「それを平成バージョンで」

「いやいや、そんな暇あると思う？」

「じゃあ、日帰り限定で、にしたらどうですか。いくら忙しくても、一日ぐらいなら何とかなるでしょ」

集英社の押し、というか圧、恐るべし。これが連載「弾丸メシ」誕生の瞬間である。歩み寄って出たいくつかの条件――必ず日帰り。食事は一時間以内に済ませる。絶対に残さないこと。

昭和の文豪のようにはいきそうにない。絶対に。


福島である。

俺にとってはそこそこ縁のある場所だ。会津若松《あいづわかまつ》にはプライベートで何度か旅行したことがあるし、東日本大震災の一か月前には、KADOKAWAの当時の担当・Yと、車で雪道を踏破しながら（遭難しかけながら）取材を敢行した。「刑事の挑戦・一之瀬拓真」シリーズ（中公文庫）では、福島が第二の舞台でもある。

で、今回は「弾丸メシ」連載のための取材だった。同行は「小説すばる」（以下本誌）担当・Iと単行本担当のN。どちらも俺担当の編集者グループ「チーム堂場」では若手に入る。

その出張が月曜だった。よりによって。ああ、一週間で一番クソ忙しい日に。週明けというのは、とかく連絡の多い日である。土日休んだ分を取り戻そう、というわけではないだろうが、編集者からのメールが殺到して、それをさばくだけでかなりの時間を食う。

それに加え、月、水、金はジムへ行く日なのだ。その習慣はここ十年以上ずっと変わらず、基本的にこの三日間のお昼時は、打ち合わせや取材の予定は入れない。

というわけで、東京駅から新幹線に乗る前に大手町《おおてまち》のジムで一時間汗を流し、喫茶店で少し原稿を書いてから早めの昼食にグリーンカレーを食べ、駅へ急ぐ。東北新幹線のホームでI、Nと落ち合い、東北新幹線の中でも原稿書きに徹した。出張などで新幹線や飛行機に乗ると、時間がもったいないと感じるせいか、原稿が進む。ノルウェーのベストセラー作家、ジョー・ネスボも同じことを言っていた。

業界一忙しい、ねえ……そうかもしれない、と俺は妙に実感した。

福島での取材場所は、JR福島駅の西側、タクシーを飛ばして十分ほどのところにあった。周囲は緑豊かな（三月ですが）山になり、気温もちょっと低い感じがする。現場にはまだ雪も残っていた。

ここでみっちり一時間、歩き回って取材。順調に終わって四時過ぎになった。このまま帰ってしまってもよかったが、帰りの新幹線までは少し時間があるし、せっかく福島まで来たのだから何か食べたい。夕飯には早いのだが、みっちり歩いて昼飯のグリーンカレーもこなれた……よし、今回の出張を「弾丸メシ」の一回目にしよう。

とはいえ、福島市の名物は何だろう？　ご存じの方も多いと思うが、福島県は浜通り・中通り・会津と三地方に分かれ、食文化もかなり違う。福島市がある中通りの名物といってもすぐには思い浮かばない。これが会津の方だと、それこそ喜多方《きたかた》ラーメンとかソースカツ丼とか、美味《うま》いものがたくさんあるのだが。

タクシーで駅の方へ戻りながら、本誌の担当・Ｉが検索する。イマイチぴんとこない様子……そのうち、遠慮がちに「円盤餃子《ギョーザ》ってどうですか」と切り出した。

「円盤餃子？」ビジュアルが浮かばない。

「こう……円盤形に並べて焼いたような」

もうちょっときちんと説明しろや――舌打ちしつつ、俺は浜松《はままつ》餃子を思い浮かべていた。あれは、真ん中に何故《なぜ》かモヤシが載っているのが特徴なのだが……Ｉがもう少し詳しく情報を集めた。

「見た目が空飛ぶ円盤とか、円盤状に焼き上げるからとか、とにかくビジュアルからきているみたいですよ」

スマートフォンで画像を見せてもらうと、浜松餃子ならモヤシが置いてある中央部分にも、無造作に餃子が置いてある。見た目は、ただ円盤形に並べられた餃子だ。しかし濃い焦げ目は、いかにも美味そうである。

餃子、餃子ねえ……悪くない。餃子というのは、思い浮かべた瞬間にどうしても食べたくなるものであり、この時も俺の頭にはすぐにイメージが浮かんだ。そうだ、早めの夕飯で、餃子に白飯といこう。

俺は、白い飯が汚れるのが好きなのだ。

いや、納豆は駄目。納豆は好きなのだが、あれで白飯が汚れるのは我慢ならない。

歓迎すべきは、焼肉と餃子である。酒を呑《の》まない俺は、焼肉でも餃子でもまず白飯である。そして食べる時には、必ず白飯にワンクッションする。そうやって肉汁やタレで汚れた飯を頬張る美味さが、密《ひそ》かな喜びなのだ。複雑な味に染まった白米は、美味さが数倍増す。要は、超コストの高い醤油《しょうゆ》かけご飯みたいなものですよ。この一杯を美味く食べるために餃子一皿が必要というのは、いかにも贅沢《ぜいたく》な話ではないか。

「よし。決定だ」福島まで来て餃子というのもどうかと思ったが、餃子欲というのは一度浮かぶと食べるまで絶対に消えない。餃子と白飯——要するに餃子定食だ——なら時間もかからないだろうし、予定より早い新幹線で帰京できれば、夜も仕事ができる。もう一回忙しいアピールしました。

午後五時。店は、市内の住宅街にあった。建物自体には、中華らしい派手さは一切なし。「ちょっと買い物してきます」と言って一時別行動になったＩが、何やら袋をぶら下げて合流して中に入った瞬間、俺は失敗に気づいた。

「何じゃこりゃ」というのは便利な台詞《せりふ》なのでつい使いたくなる。それ故普段はできるだけ口にしないようにしているのだが、この日はつい「何じゃこりゃ」が出てしまった。

メニュー……酒の種類は多いが、呑まない俺には関係ない。フードメニューは円盤餃子（しかも一皿三十個）、水餃子、御新香《おしんこ》に湯豆腐、冷奴《ひややっこ》、枝豆、もつ煮込みときて——白飯がない！　ラーメン屋に来てラーメンがないようなものだ。それは違うか。

「コメがないぞ。どういうことだ」俺は思わずＩに迫った。頭の中では、餃子のタレに濡《ぬ》れた白飯の画像が明滅している。

「いや、どういうことと言われましても」Ｉも困っている。

見ると、店内は「餃子屋」の雰囲気ではない。雑駁《ざっぱく》な雰囲気は明らかに呑み屋のそれだ。壁には、芸能人のサインがベタベタ……名店なのは間違いないようだが、俺の中にある「餃子を食べさせる店」のイメージからはほど遠い。

ま、しょうがない。

こだわる割りに諦めが早いのが長所なのか短所なのか分からないが、こうなったら餃子だけをたっぷり堪能《たんのう》することにしよう。

まず円盤餃子を一皿。三人なのでもう少しいけるだろう（しつこいが白飯もないし）

と、水餃子も二つ頼んだ。出てきた円盤餃子は、確かに大皿に円盤状に並べられ、焦げ目が美しい——均等に焦げ目がついていて、これは「焼いた」のではなく「揚げた」に近い感じだと判断する。ただし、底面以外には焦げ目がついていないので、たっぷりの油で「揚げるように焼いた」感じか。そしてかなり小ぶり。博多《はかた》の一口餃子ほどではないが、よほど口の小さい人以外は一口でいけそうだ。

タレは酢醤油とラー油。せっかくの焦げ目を濡らさないようにと、焼けていない方にタレをつけて口に入れてみると、意外や軽い食感だ。肉々しさはあまり感じられず、野菜の旨味《うまみ》が出ている。予想通り、焦げ目のカリッとした歯ざわりが楽しい。「カリ」よりもう少ししっかりした感じかな。「ガリ」まではいかないが、焦げ目の部分が普通の餃子よりも厚い感じで、これがスナック感覚で楽しい。

日本人は、「外カリ、中ふんわり（あるいはとろり）」の食感が大好きだ。これがフランス料理だと、食感はあまり話題にならないような気がする。ソースの旨味で食べさせるフランス料理は、口中の粘膜をたっぷりのソースで濡らして刺激するのが正しい楽しみ方なのだろう。それに対して、硬さも含めて素材の様々な歯ざわりも大事にする日本の場合、まず嚙《か》んだ時の感触が大事、ということか。フランス料理の主役は口蓋、日本料理は歯。あ、餃子が日本料理かどうかは微妙なところだが、こういう「鍋貼り餃子」は戦後に日本で普及したものらしいから、和食認定してもいいでしょう。本場中国では、

口直しの水餃子
福島で餃子は
酒の肴らしい!!
白飯がなくて
堂場さん
ガッカリ…
焦げ目しっかり
食感が◎
食った食った
三十個ペロリ!!

基本的に水餃子だというし。

「これなら、円盤餃子ももう一皿いけそうだな」

「頼みますか？」と単行本担当のNがすかさず切り出す。

しかし、NもIも細身である。痩せの大食いならともかく、食べ方も体格に見合ったレベルだし、Nなど主食が野菜である。「いや、タイミングを見て」と、俺は慎重になった。「残さない」のが弾丸メシのルールだし。

しかし、タイミングもクソもなかった。食べているうちにリズムに乗ってきて、一気に二個食べを試みるほどになる。口中が食べ物で一杯になる感触はいつでも快感だ。途中でニンニクのみじん切りをタレに加えると、ぐっと濃厚な味わいになる。

お行儀悪いが、途中で餃子をバラしてみた。普通の餃子は、中がみっちり詰まっているのだが、ここの餃子は余裕がある。これなら食感も軽く、いくらでも食べられるわけだ。中身は白菜、ニラにひき肉と極めてオーソドックス。

合間に水餃子。水餃子は中身よりも皮を味わうものだと思うが、これは小さいのでするりと食べてしまう。円盤餃子よりも淡い味わいで、合いの手に食べるといい口直しになった。

円盤餃子を一皿食べ終えたタイミングで、追加でもう一皿を注文。待つ間に腹が膨れてきたが（大食いに挑む時には、途中で休んじゃいけませんね）、何とか必死に食らいついて完食した。

満腹に近くなりながら、俺は数年前に現地で食べた宇都宮《うつのみや》餃子を思い出していた。あの時はJR宇都宮駅近くの専門店に入ったのだが（駅前の餃子店の集中度たるや恐るべし）、その時にも唖然《あぜん》とさせられた。

この時は角川春樹事務所のT（女性）と一緒で、焼き餃子と水餃子が一緒に出てくるランチを食べたのだが、途中でTが怪訝《けげん》そうな表情を浮かべた。

「堂場さん、ご飯食べてるの、私たちだけなんですけど」

「マジか」

周囲を見回すと、確かに……満員の店内で、ご飯を食べているのは俺たち二人だけだった。そういえば、注文する時に「ライスで」と言ったら、店の人に怪訝そうな顔をされた気がする。だったらライスを置かなければいいのに。

後で聞いてみると、宇都宮の人は「純粋餃子主義」なのだという。とにかく餃子の味だけを楽しみたいので、ご飯は無用。餃子は「おかず」ではなく「主食」なのだ。

確かに中国では、餃子を主食として食べると聞いたことがある。

福島では――どうやら餃子は「酒の肴《さかな》」らしい。酒を呑まなくなって二十年以上になる俺も、「餃子にビール」の相性のよさはよく覚えているのだが、ここまで徹底しているとは。

ちょっと調べてみると、福島の餃子専門店は「夜だけ営業」のパターンが多いようだ。つまり、焼き鳥屋などと同じ感覚である。そう考えると、メニューが少ないことにも納得がいく。焼き鳥以外には御新香と鶏のスープぐらい、「米」がないのが正統派の焼き鳥屋だろう。サービスで、ランチで焼き鳥丼を出す店はあるが（ああ、京橋《きょうばし》の伊勢廣《いせひろ》本店が懐かしい。久しく行ってないな）。

食った食ったで（たぶん俺は三十個ぐらい食べた）一時間。焼き鳥屋の滞在時間もそれぐらいだろう。俺たちが店を出る頃には、静かに酒を呑む人たちで席は埋まり始めていた。

福島の餃子文化は、夜に花開く。

それにしても、餃子にも豊かな地方色があるものだ。ふと思いついて、Nに「餃子本、作れるんじゃないか？」と提案してみた。

福島円盤餃子から始まり、宇都宮餃子、蒲田《かまた》の羽根つき餃子、浜松餃子、津《つ》ぎょうざ、博多の一口餃子――バラエティ豊かなラインナップだ。タイトル『餃子列島』も決定。問題は、絵面が全部茶色いことか。食欲をそそる色ではあるが。

「あ、でも……そういう本はもうありますね。何冊も」スマホで検索を試みたNがあっさり言った。

さもありなん。餃子はそれだけ、日本人の食生活に深く根づいた存在なのだ。

福島駅へ戻って、午後六時過ぎ。いくら何でも夕飯には早過ぎた。それに、白飯を食べていないので、膨れたつもりの腹具合が実際には微妙だ。

「この分だと、東京へ戻ってラーメンだな」

待合室に入って俺が漏らした瞬間、Iが「そんなこともあろうかと」とドヤ顔で取り出したのが、先ほど一時別行動した時に持ってきたパン屋の袋だった。

「これは？」

「プリンパンです」

何でも、市内のパン屋が高校の売店などに卸していたものが人気になったのだという。

取り出してみると、直径十五センチほどもあり、ずっしり重い。中心部には確かに、直径七～八センチのプリンが収まっていて、その上には「これでもか」とばかりにクリームが載っている。裏返してみると、プリンの落下防止のためか、パン生地でしっかり「蓋」がしてあった。

「こいつはヘヴィそうだな」俺は漏らした。

「でも、デザートですからね」

「部活帰りに、よくこんな感じのものを食べたな」

もう三十年以上も前だが、高校の部活帰りには家まで空腹を我慢できず、途中で何か食べていくのが日課だった。特に疲れた体は、糖分を欲していた。当時はそれでも体重が増えなくて困ってたんだよな……永遠にダイエット中の今の俺からすると、考えられない昔話だ。

現在でも、俺は別に甘いものが嫌いなわけではない。太るから我慢しているだけで、「名物だ」と言われれば試してみる。

一口齧《かじ》っても、まだプリンには届かない。パンそのものは、結構硬い——持った感じでは、昔のコッペパンのように軽く柔らかい食感を予想していたのだが、食べ口は重かった。ハード系というわけではないが、菓子パンとしてはふわふわ感が足りない。アンパンのようなものを想像していたので、ここでまず驚いた。そしてパンそのものは、意外に甘くない。

これはプリンとのバランスを考えた味つけだな、とぴんときた。プリンにクリームとくれば、プリンアラモードのようなもので、甘くないわけがない。その分、パンは素っ気ない味つけにして、飽きさせないようにしているのだろう。

二口目でやっとプリンに到達。これは当然というべきか、ちょっと硬めの昔ながらのプリンだ（柔らかい系だとあっという間に崩落しますからね。このプリンは最後まで形を保ってくれた）。クリームも甘さ控えめ。見た目のイメージから三割ぐらい甘さを引

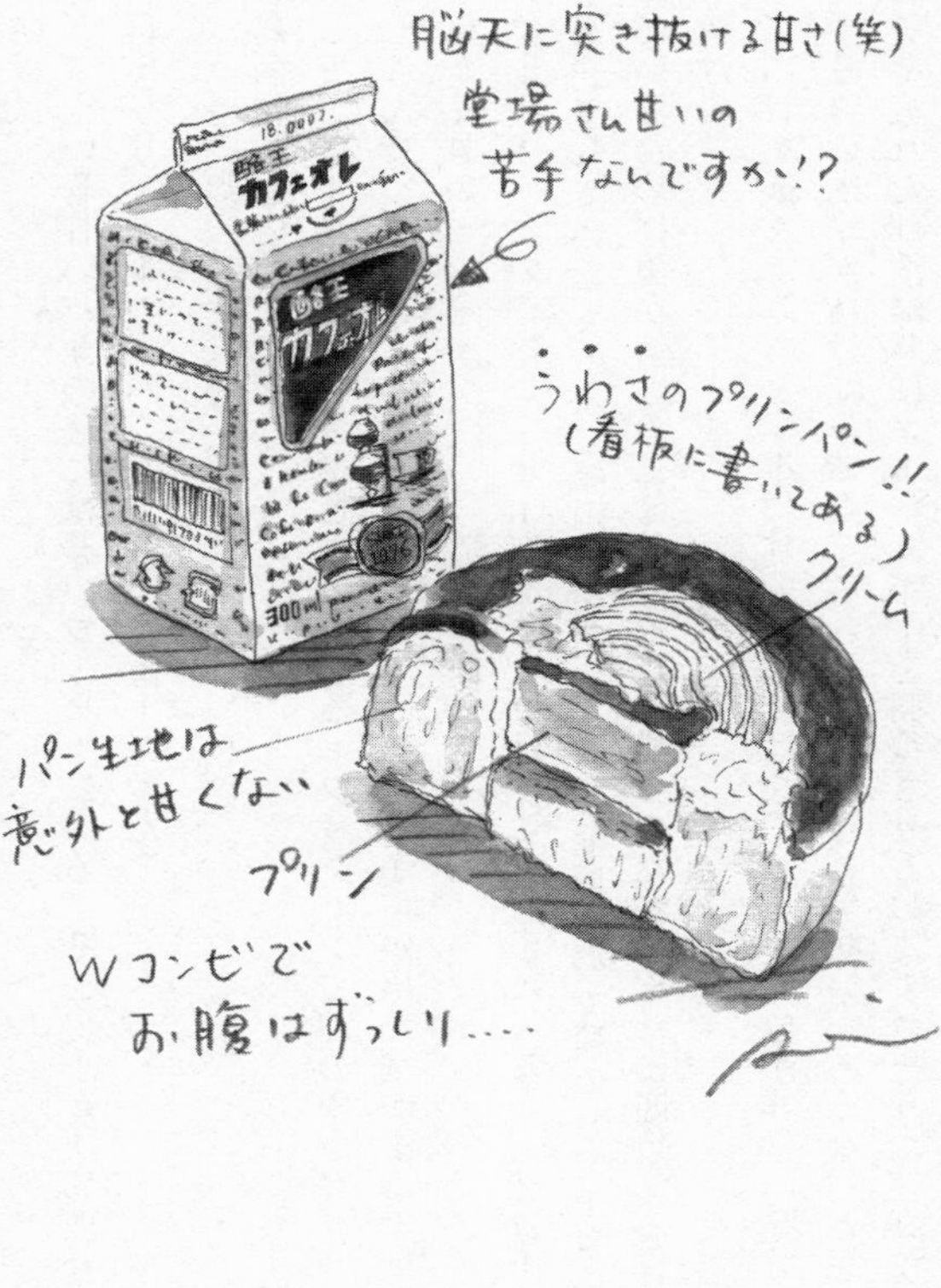
脳天に突き抜ける甘さ(笑)
堂場さん甘いの
苦手なんですか!?
酪王
カフェオレ
300ml
うわさのプリンパン
(看板に書いてある)!!
クリーム
パン生地は
意外と甘くない
プリン
Wコンビで
お腹はずっしり….

くと、実際の味になると思ってもらっていい。疲れた部活帰りに食べるなら、もっと甘くていいぐらいだ。

とはいえ、こういう甘いパンの後には濃いコーヒーに限る。そこでIが次に取り出したのが、三百ミリリットルの紙パック入りコーヒーだった。

「酪王《らくおう》カフェオレ？」

「これも福島名物らしいですよ」

名前からして、ミルク重視の飲み物と推測できる。プリンパンで口の中がパサついたところで流しこんでやると──「うお」とか「でゅわ」とか声が出た気がする。

甘い。とにかく甘い。

「マックスコーヒー」という缶コーヒーがある。今はどこでも手に入るが、昔は千葉・茨城だけで販売されていたものだ（経緯を説明するのは面倒なので検索して下さい）。練乳が入っているために歯が溶けるほど甘いのが特徴なのだが、それに匹敵する甘さが脳天に突き抜ける。

しかし、二口目を飲んでみると、単に甘いだけではなく、ミルク分が非常に強いのだと分かった。甘みの衝撃が抜けてみると、これ単独で飲むと美味いだろうな、と思えてくる。それこそ疲れた部活帰りに、エネルギーを回復させるのによさそうだ。高校生なら、五百ミリリットル入りのパックを一気だな。

糖分に糖分を足したデザートは、さすがに胃にずん、ときた。いくら何でもこの組み合わせはないんじゃないか？「このたわけ者が！」という罵声が喉元まで上がってきたが我慢する。常識的なおっさんですからね。

福島から東京までは新幹線で一時間半。東京駅で降りると、Ｉが渋い表情を浮かべている。

「どうかしたか？」

「いや、相当ダメージが」胃をさすりながらＩが打ち明けた。

確かに、相当食べた。餃子三十個、おそらく一個三百キロカロリーは軽くありそうなプリンパン、これも二百キロカロリーは超えていそうな酪王カフェオレは、ちょいとやり過ぎの感もある。しかし――正直に打ち明けると、俺はこの時点で既に、胃に隙間ができているのを感じていた。俺の場合、満腹感はカロリーの総計ではなく、やはりしっかり米を食べたかどうかで決まるようだ。

結局、自宅へ戻っておにぎりを食べて人心地ついた。あまり褒められた話ではないが、食べられるのも元気な証拠――連中には秘密にしておこうかと思っていたら、後でＮからメールがきた。

「夜十二時にしらすチャーハンを食べてしまいました」

ここにもう一人、米が食べたかった人間がいたわけだ。円盤餃子で白米を食べたらどうだろう、と想像は膨らむ。

第2回
横浜
各国料理

単行本担当・Nが、プライベートな旅行でアフリカへ出かけた。アフリカ？　聞けば、モロッコだという。俺にとっては未踏の地だ。年下の人間に先を越されたと思うと、甚だ面白くない。

こういう話を聞いてまず気になるのは、現地でいったい何を食べたか、だ。アフリカの料理といっても、ほとんどイメージが湧かない。

「毎日タジン料理ばかりでした」とNが打ち明ける。

「タジン？」あのとんがり帽子みたいな蓋の鍋？

「さすがに毎日だときつかったですね。帰ってすぐ、空港で蕎麦《そば》と海鮮丼を食べました」

もったいないなあ……せっかく普段食べない料理を食べまくってきたなら、帰国してから自分で再現してみるぐらいでないと。タジン鍋なら、日本でも手に入るはずだ（一時、結構流行《はや》りましたよね）。味の記憶は、時間が経《た》つに連れて薄れてしまう。

日本は世界に冠たる外食大国で、しかもどんな国の料理でも食べられる（はず）。それでも、なかなか食べられない料理もある。アフリカの料理など、その最たるものだろう。モロッコの話を聞いていたら、そういう珍しい料理に対する興味が俄然《がぜん》湧いてきた。困難だと燃えるのは、俺のような食いしん坊の性《さが》なのだ。それは大袈裟《おおげさ》か。

どこか、アフリカ料理を気楽に食べられるような店はないかねえ……と雑談交じりに相談すると、小すばの担当・Ｉがニヤリと笑った。

「あります」

「お」

「南米も」

「南米？」

「アジア各地もいけますね」

「何だ、それ」

「まあまあ――料理で世界一周、的な？」

相変わらずニヤニヤ笑いながら、Ｉが集合場所と時間をさっさと決めてしまった。

何故か横浜《よこはま》。

横浜というのは微妙な場所である。地元の人から見れば東京への通勤圏であると同時に、東京に住む人間の感覚では「遊びに行く場所」でもある。何しろ関東を、いや日本を代表する観光地でもあるのだし。

俺の本拠地である渋谷《しぶや》からは、東急東横《とうよこ》線で三十分ほど。新宿《しんじゅく》―町田《まちだ》と同じぐらいだから、遠出する感覚すらないのだが、俺は横浜へ行く時にはいつも特別な感慨を覚える。いや、別に過去に何かあったわけではないのだが、何だか背筋がぴしりと伸びるのだ。未《いま》だに銀座《ぎんざ》で緊張するのとは、また違った感覚。

あ、もちろんこの場合の横浜は、北部の東急田園都市線沿いの街のことではない。中区、西区など、世間の人が「横浜」と聞いてイメージする中心地だ。明治以来の伝統と、近未来的なみなとみらい地区が違和感なく同居しているのは、この街ならではの光景だな。

横浜で忘れてならないのは、「日本初」があちこちにあることだ。電話、日刊新聞、アイスクリーム、ビール等々。日本の近代化は全て横浜から始まったと言っても過言ではないわけで、東京の人間である俺がこの街でやけに緊張するのは、その辺りが原因かもしれない。すみませんねえ、こっちは二番煎じみたいなもので——いや、別にへりくだることもないんだけどね。

もう一つ、横浜といえば洋食屋だ。東京では古い洋食屋は減る一方だが、横浜には昔ながらのスタイルで頑張っている洋食屋も少なくない。そういう店はやはり味わい深く、横浜に点在する名所だと思っている。

横浜に対する複雑な思いは、以上。

今回目指したのは、洋食屋の多い桜木町《さくらぎちょう》でも関内《かんない》でもない、新港埠頭《しんこうふとう》近くである。赤レンガ倉庫やワールドポーターズ、よこはまコスモワールドなどがある、いかにも観光客向けの一角。つまり、みなとみらいの新港地区である。そうそう、ここには有名な円形の歩道橋「サークルウォーク」もあった。超高速マラソンのコースを設定した小説を書いた時に、ここをゴールに設定したな……。

指定された集合場所は、ＪＩＣＡ（国際協力機構）の横浜国際センターだった。海外から来た人の研修施設なのだが、Ｉによると、ここの食堂で「何でも食べられる」のだという。

建物の三階にある食堂「ポートテラスカフェ」は、まごう方なき官公庁の食堂だった。官公庁の食堂というのがどういうものかというと、要するに学食のような雰囲気である。ああ、俺もうん十年前はこういう場所で毎日飯を食っていたものだなあ。分からない？あれですよ、まず入り口に料理のサンプルがあって、それを見てから食券を買い、料理を窓口で受け取るタイプ。

まだ説明が雑？　では、ここでの手順を紹介します。まず、サンプルはよくあるガラスケースの中ではなく、むき出しの形で置かれており、その前の籠にプラスティック製の札が入っている。食べたい料理の札をレジに持っていって金を払い、その後で料理を受け取るために窓口に並ぶのだ。プラスティック製の札がなくなれば、その料理は売り切れ――まことに分かりやすい、一目瞭然のシステムである（食べたかったエジプトのケバブが既に売り切れで、いきなりショックを受けたが)。

店内の雰囲気も官公庁の食堂そのもので、贅沢や無駄には縁がない。ただし、この食堂からは海や赤レンガ倉庫が見渡せるので、環境的には超贅沢と言っていいかもしれない。気候がいい時期なら、外のテラス席で食べるのがよさそうだ。

訪れたのは昼の十二時半ぐらいだったが、なかなかの混み具合である。ちなみに昼は、研修生ではなく一般客が多いとか……さもありなん。この辺りの店は観光地価格で、ランチでも結構お高いんですよね。

さて、豊富なメニューから、まず待望のアフリカの料理として、海老《えび》とトマトのシチュー(カメルーン)を選んだ。さらに、Iが言うように料理で世界一周するつもりで、①メキシカンチキンナゲット(メキシコ)②ジャークチキン(ジャマイカ)③ラムコフタ(トルコ)④ベジタブルビリヤニ(インド)と、目についたものを手当たり次第にセレクト。

アフリカの料理といっても、イメージがまったく湧かなかったのだが、海老とトマトのシチューは、見た目は赤みの強いハヤシライスだった。長皿に入ったライスの脇にどっぷりかかっているので、汁かけ飯が大好きな日本人にとっては見慣れた、というか思わず顔がほころぶ料理である。

肝心の味は、まさに純粋なトマトシチューだった。というか、温かいトマトジュース

堂場さん念願の!!
アフリカ(カメルーン)料理
海老とトマトのシチュー
サラダ付き
海老
トマトジュースのような味!!
ライス
くたっとした玉ねぎ
堂場さんはパンと合わせた方が好みだ!!

と言うべきかな。しっかり煮込んだ感じではなく、それ故にトマトのフレッシュな酸味が生きている。そこにエビのプリプリ感が加わり、誰の舌にも合う素直な味だ。くったりした玉ねぎの食感も好感度高し。敢《あ》えて形容すれば、辛くなくて汁気たっぷりのエビチリ、という感じかな。とはいえ、やはり和食でも中華でもなければヨーロッパの料理という感じでもない。個人的には、ライスではなくパンの方が合うと思う。

念願のアフリカ料理をクリアしたので、他の料理にも手をつける。①は、俺たちが知っているチキンナゲットというより、練り物に近い食感だ。ソースはメキシコらしくピリ辛だが、おかげで味が引き締まって美味い。

②は様々なスパイスを効かせたチキンをオーブンで焼いたものだが、変な癖はなく、素直なチキンのローストという感じ。

③は要するにミートボールで、中東や南アジアでは広く食べられている。ラム特有の臭みはなく、食べやすいのだが、ポイントはヨーグルトソースだ。そう、中東などでは、甘みのないヨーグルトを料理によく使う。そういえばトルコの塩味のヨーグルトドリンク「アイラン」を初めて飲んだ時の衝撃は忘れられない（何故かベルリンで、だった）。普段俺たちが食べているヨーグルトから甘みを一切抜き、結構きつい塩味に調えたものだ——寝起きに飲むと、一発で目が覚める。その味をベースにした白いソースは、爽やかさが際立ち、肉の味を引き立てる。

聞いたこともなかったのは④だ。「パエリア・松茸《まつたけ》ご飯と並び、世界三大炊き込みご飯」だそうだが（鯛《たい》めしは入らないのか、釜飯は違うのかと、当然のごとくIとNと三人で激論になった）、見た目は長粒米を使ったごく薄い黄色のピラフである。一口食べると、うっすらとカレーの香りが口中に漂う。あのがつんとくる感じではなく、あくまで遠くで感じるような……何となく頼りないのだが、毎食食べるにはこれぐらいの薄味がいいのかもしれない。インドの国民食でもあるというし（パキスタンが元祖、という説もあり）。

これだけ食べて、むしろ勢いに乗った。「完食」が当企画のテーマの一つだが、これぐらいだったらまだまだいけるな。というわけで、⑤鶏肉のBP炒《いた》め〜シンガポール風〜（シンガポール）⑥フェジョアーダ（ブラジル）の二品を追加。

⑤は唐辛子マークが五つ（最高点）ついていたので警戒していたのだが、悲鳴を上げるほどではなく、無事完食した。ちなみにBPは「ブラックペッパー」のことだった。最後の⑥は、俺は何度も食べたことがあるのだが、IとNは初体験とか。Iが「あのお汁粉」と評していたが、冗談言っちゃいけません（見た目は真っ黒な豆の煮込みで、確かにお汁粉だが）。中身は豆と豚肉で、がっつり塩の効いたしっかりした味わいだ。これ用に白米を残しておけばよかった。実際、ブラジルではそのように食べるのだし。北米から南米にかけては、ベイクドビーンズ（これはイギリスでも名物だが）やフリ

ホレス・レフリトス（メキシコの豆料理、要するに塩味のあんこである）など豆を使った料理が多々あるのだが、これもその代表の一つと言える。

さて、一服するのに飲み物は……お、インカコーラがあるじゃないか！　南米ではコカ・コーラよりポピュラーだと聞いていたので試してみたが、実はこの日は、これに一番驚かされた。グラスに注いでみると、いかにも人工っぽい感じで真っ黄色である。栄養ドリンクみたいだな……飲んでみると、やはり栄養ドリンクっぽさがあった。ところが、それなりにスパイスが効いた料理には、これが妙に合う。

全て食べ終えた後、胃の中が妙な感じになった。どれも味は比較的穏やかだったのだが、普段摂取することのないスパイスが入り混じり、そこへさらにインカコーラが放りこまれて、何だかほかほかするような——やばいかな、と思ったが、特に異変はなかった。ま、各種スパイスが入り乱れて、胃が活性化されたということでしょう。

これにて、料理で世界一周、完了。

この施設では、世界各国から来た人たちが泊まりこみで様々な研修を受けている。滞在は何か月、あるいは何年にも及ぶことがあり、そういう人たちに故郷の味を提供しようというのがこの食堂の狙いだ。和食は世界に冠たるものだが、さすがに外国にいると故郷の味は恋しいよねえ。

海外の料理といって我々がイメージするフランスやイタリア、アメリカなどの名物が

インカコーラ
真っ黄色!!
栄養ドリンクみたい
INCA KOLA
the Golden kola
豆
豚肉
どう見ても
お汁粉!!
ブラジルの
フェジョアーダ
がっつり塩味
白米を残せばよかった…と
ボヤク堂場さんはやはり
くいしん坊だ!!

ないのは、ここで研修を受けるのが主に開発途上国の人たち、という事情があるからだという。いかにも官公庁食堂的な雰囲気の中で食事をしながら、日本的なおもてなしに感心した。

——と綺麗《きれい》にまとまったな、と思ったら、Nが「牛丼食っていいですか」。何と、アフリカ帰りのこの男は、まだ日本食が恋しいらしい。そりゃあ確かに、メニューにはスープつき五百円の牛丼もあったのだが。

「腹も身の内だ、このバカチンが」と武田鉄矢《たけだてつや》風の一言で即却下。せっかく珍しいものを楽しく食べた後で、醬油の味で記憶を上書きしなくてもいいではないか。

翌日、Nも参加する別件の食事会があったのだが、それのメーンはパエリアにした。もちろん、日本食恋し、のNに対する嫌がらせである。

どの料理も気になる味つけだったのだが、海老とトマトのシチューを食べている時に、ふとトマトと唐辛子について考えた。

トマトと唐辛子は、今や世界中どこでも使われる野菜——これにジャガイモを加えれば、世界で最も重要な三大野菜と言っていいのだが、その歴史は実は浅い。いずれも南アメリカ大陸由来で、ヨーロッパに広がったのは十六世紀以降だ。アジアなどで使われるようになったのは、当然もっと後だろう。

エチオピアはアフリカでも歴史の古い国で、当然のことながら料理も伝統ある独特のものが多いようだが、現在、必需品とも言える調味料が「バルバリ」だという。粉末の唐辛子をベースにニンニク、生姜《しようが》、塩などを合わせたものらしい。かなりパンチのある調味料なのは間違いないだろう。

このバルバリにせよ、トマトシチューにせよ、料理として成立したのはそれほど昔のことではないはずだ。唐辛子もトマトも新大陸発見以降の食べ物であり、逆にそれ以前のエチオピアではどういう料理が食べられていたか、非常に興味深い。

食べることは、生きていくために必須なのだが、人間は「食べる楽しみ」を早くから見出《みいだ》していたに違いない。三千六百年ほど前のメソポタミア地方でも、様々なレシピが楔形《くさびがた》文字で残されているぐらいなのだ。これがローマ時代になると、もっとしっかりしたレシピが残っていて、かなり正確に再現可能になる。もっとも現在のような、素材、分量、料理法が正確に書かれた料理書——基本的に誰が作っても同じにできる——というのは、確か十九世紀末のアメリカで生まれたはずで、百年ほどの歴史しかない。アメリカで作られたというのが、いかにもマニュアルの国らしい話だが。

ちょっと話がずれたが、エチオピアはアフリカ諸国の中では古くから（紀元前から）文字を持っていた国である。ということは、古い料理のレシピも残っているのではないか。料理は数百年スパンで見れば大きく変化していくものだが、それでも変わらず親しまれているものもあるはずだ。果たして、唐辛子とトマトが入ってくる以前のエチオピア料理はどんなものだったのだろう。

——と、気宇壮大なことを考えてしまうのは、横浜という土地柄のせいだろうか。何しろここは、開港五港の一つであり、いち早く西洋の影響が伝わり、「日本の初めて」を大量に持つ街である。

そう、世界各国の料理を食べるのに、ここほど相応《ふさわ》しい場所はないのだった。

Port Terrace Cafe
住所：横浜市中区新港2-3-1 JICA横浜3階
電話番号：045-662-2710

第3回
函館
「ラッキーピエロ」のハンバーガー

俺たち世代がハンバーガーに接したのは、やはりマクドナルドがきっかけだったと思う。アメリカ発祥のこのチェーン店が日本に上陸したのは、一九七一年。それから数年後に初めて口にしたと思うが、一口食べて「何だか薬臭い」と感じたのを今でもはっきりと覚えている。考えてみると、ピクルスの独特の香りのせいなのだが……その頃は、ピクルス自体、日本では馴染《なじ》みのない食べ物だったはずだ。

——という昔語りを、集英社文庫の担当・I（女性）としていた。同年代なので、仕事の話題以外ではついついこういう昔話に走りがちなのだ（歳《とし》ですねえ）。

「銀座の三越《みつこし》にあったマクドナルドで買ったことがありますよ」とI。

「あ、そこが日本一号店でしょう」

「学生の頃ですけど」

「ということは、できてから十年以上は経ってたわけか」

昔はマクドナルドにもよくお世話になった……しかし、学生時代の大食らいの友人（毎朝食パン一斤を食べていた）は、「あそこで腹一杯になるまで食べたら破産する」といつも愚痴を零《こぼ》していた。

確かに昔は、そんなに安いものではなかった。本当に腹一杯食べるには千円は必要で、貧乏学生の俺たちにはなかなかハードルが高かったのだ。

しかし時代は変わる。マクドナルドの価格も、時代によって大きく変動して、超安売り路線に走ったこともあった。今では「安い食べ物」の感覚が強いですよね。その一方で、「ファスト」でない高級なハンバーガーも完全に市民権を得たと言っていいだろう。

「最近は、グルメバーガーですよねえ」俺は言った。「一度、ああいうハンバーガーを食べると、マクドナルドには戻れないな」

「アメリカだとどうなんですか？」

「アメリカねえ……」

由来には諸説あるが、ハンバーガーは当然、アメリカ生まれの食べ物である。そして本来は、ファストフードではなかった。マクドナルドがチェーン展開を始める前は、家庭でバーベキューをやる時に、レンガ造りの炉でハンバーグとパンを焼き、各々好きな野菜なども挟んで食べるのが普通だったはずだ（本間千枝子《ほんまちえこ》さんの名著『アメリカの食卓』〈文春文庫〉にはこういうくだりが出てきて、いかにも美味そうだ）。ハンバーグのタネをちゃんと作り、新鮮な野菜などを用意して――となると、意外に時間がかかる料理で、決して「ファスト」ではない。

アメリカにも当然、チェーン店ではないハンバーガーショップがあり、手作りの巨大なハンバーガーを出す。俺も何度もお世話になった。以前マンハッタンで定宿にしていたホテルに入っていた老舗ステーキ屋のランチでも出していた。ブルックリンのカフェでは、オーガニックの野菜を使った意識高い系のハンバーガーも食べた。

ところが、だ。

一度たりとも「美味い」と感じたことがない。本場のハンバーガーはもしかしたら、家庭でやるバーベキューで作らないと美味くならないのかもしれない。

それに対して、日本のハンバーガーの美味いこと……俺が世界一美味いと思うハンバーガー店は、実は自宅の近くにある。この店に通いたいが故に、近くに引っ越した――という側面もないではない。ただし最近、「いかにでかく作るか」という方向にシフトしているので、五十代の胃には苦しい展開なのだが。

「そういえば、函館《はこだて》で強烈なハンバーガーを食べましたよね」Iが記憶を呼び覚ましてくれた。

「ああ」瞬時に思い出す。何というか、あれは本当に不思議なハンバーガーだった。味もさることながら、店内の雰囲気も。思い出すと、いてもたってもいられなくなる。

幸い、Iとまた函館に出張する予定があった。よし、初日のランチはハンバーガーに決定だな。

そのチェーン店の名前は「ラッキーピエロ」という。店のウェブサイトによると、創業は一九八七年。現在、函館市内とその周辺に十七店舗を構えている。函館の街を歩くとすぐに分かるのだが、人口二十六万人もの人が住む街にしては、全国チェーンのファストフード店が少ない。もしかしたら、ラッキーピエロの勢力が強過ぎて入ってこられないのでは……と俺は想像した。

メニューも極めてユニークなのだが、その前に内外装がすごい。「すごい」という言葉をハンバーガー店の形容に使うのもどうかと思うのだが、とにかくすごいのだ（語彙が貧弱だな）。

店によってコンセプトが違うので、チェーン店なのに店舗に統一性がないのもすごい（これで四回目の「すごい」です）。前回訪れた店は、どうやら遊園地をコンセプトにしていたようで、店内にメリーゴーラウンドまであった。天井は高く、折り紙細工のように複雑な形状。壁には巨大な水鳥の絵。身の丈三メートルもありそうなテディベア（名前は「アントン」）を八万円で売っている光景に至っては、もはやシュールとしか言いようがなかった。アントン、売れたのかねえ。

今回は、ベイエリア本店を選んだ。来てみて、やはりこのチェーンは全てにおいて押し出しが強いと痛感した。ベイエリア本店の外観でまず目立つのは、巨大なピエロの看板である。建物は二階までしかないのに、看板の高さは三階相当だ。ハンバーガーを摑《つか》んだ巨大なピエロというデザインも、露骨過ぎるほど過剰である。威圧感ありありでちょっと引くほどだよ。

インテリアがまた過剰だった。店内のベースカラーは濃いグリーンで、ソファ席はアメリカのダイナー（軽食堂）によくある、落ち着いた雰囲気になっている。しかし一角には何故か巨大な馬の置物があり、しかも一部の席はブランコ……これ、説明に困るのだが、まさにブランコなのだ。テーブルの両脇にあるソファが、上からチェーンで吊《つる》されたブランコになっている。せっかくだからとこの席に座ってみたのだが、まあ、落ち着かないこと。ここに座れば当然、揺らしますよね。「揺らし食い」初体験。

目立つのは、壁を埋めるポスターというか張り紙というか……「エキサイティングな旨味・必食」「副社長の胡麻《ごま》好きでできた力作です」「しみじみ旨い大人のラッキーカツ丼」（カツ丼まであるんですね）。とにかく情報量過多。お勧めメニューの写真の他に、空白部分は全部文字で埋め尽くそうという熱意が、火傷《やけど》しそうな勢いで迫ってくる。推しがどれだけあるんだよ。いやはや、何を選べばいいのやら。

こういう時は売れているものに限ると、一番人気のチャイニーズチキンバーガー（ポスターのコピーは「うまい門には福来たる。函館名物うまいが勝ち」）を頼んだ。注文を受けてから作るので、しばらく待つことになる。つまり、この店はファストフード店ではないわけだ。

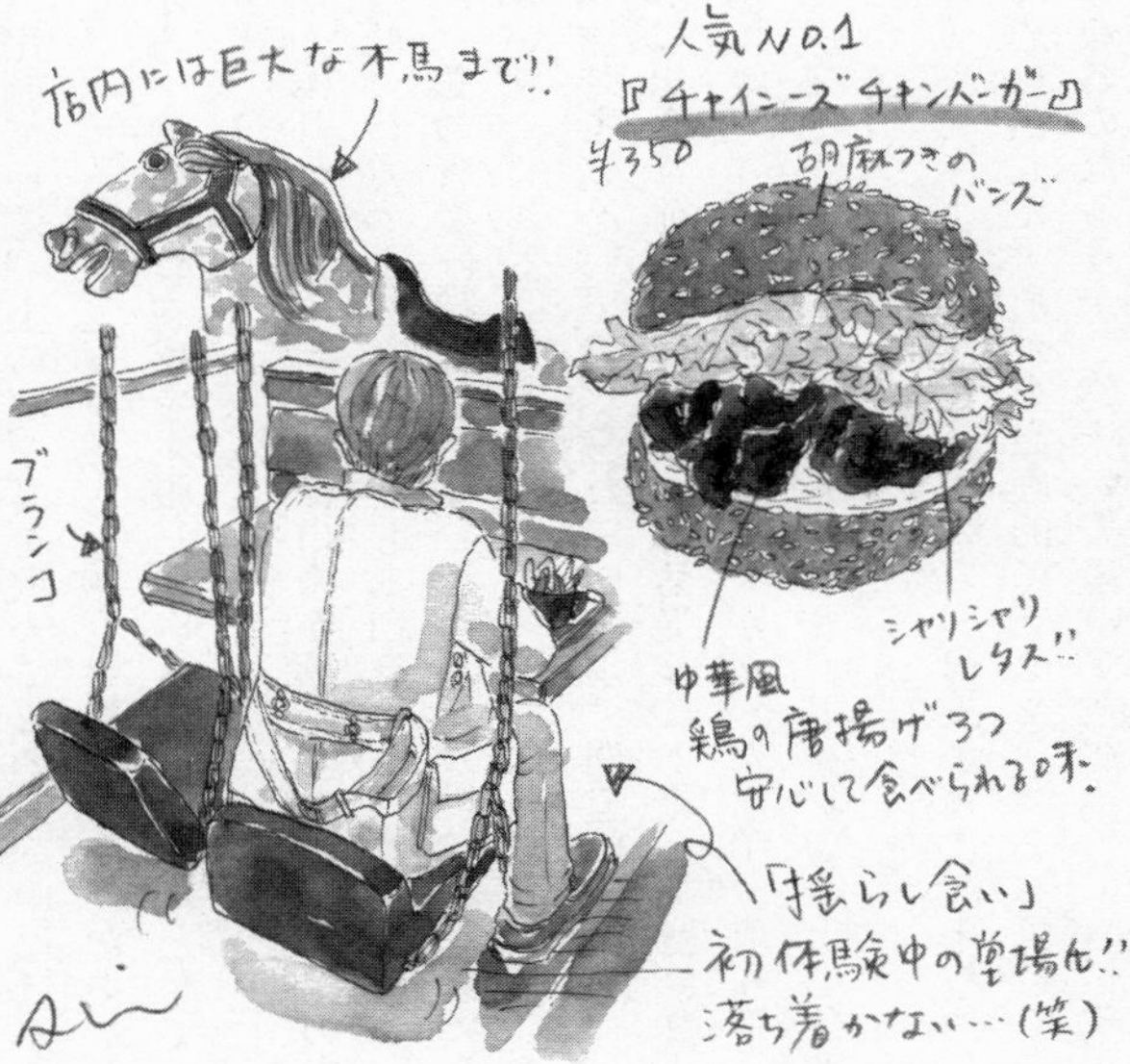
店内には巨大な木馬まで!!
人気NO.1
『チャイニーズチキンバーガー』
￥350
胡麻つきのバンズ
ブランコ
シャリシャリレタス!!
中華風
鶏の唐揚げ3つ
安心して食べられる味。
「揺らし食い」
初体験中の堂場氏!!
落ち着かない…(笑)

できたてのところで袋を開けてみると、バンズがグッと盛り上がっている――というか、中身がはみ出している。上のバンズを取ってみると、中にはかなりでかい鶏の唐揚げが三つ。「フライドチキン」ではなく「鶏の唐揚げ」なのがポイントだ。それがいい照りを放ちながら、強烈な存在感を主張している。単品料理としての鶏の唐揚げだとしても、相当なボリュームだ。

さて、何とかかぶりつくと――途端に白米が欲しくなった。鶏の唐揚げは、まさに中華風の甘酢的な味つけだったのだ。しかし二口目からは、柔らかいバンズにも合っている、と確信した。鶏の唐揚げ、万能だな。たっぷりの新鮮なレタスがパリパリした歯ごたえでまた美味い。

ああ、これは誰でも安心して食べられる味だよ。間違いない。

マクドナルドに出会う前の高校時代、部活帰りによくパン屋で買い食いをした。そういうパン屋にもハンバーガー（らしきもの）があった。手っ取り早く腹を満たすにはよかったが、今考えるとあれは、焼きそばパンやカレーパンなどの惣菜《そうざい》パンと同じようなジャンルでしたね。

チャイニーズチキンバーガーを食べていて、何故か大昔に味わったパン屋のハンバーガーを懐かしく思い出した。あれを徹底的にブラッシュアップしていい材料を使うと、こういう感じになるのだろうか。美味い美味いで完食。

五十五歳の胃にはこれ一個でも十分なのだが、今回は意を決して、普通のハンバーガーを追加注文した。ベーシックな味も試してやろうという決死の狙いである。ベーシックといっても、パティは厚さ一センチもありやがった。一方味つけには過剰な部分がなく、穏やかな感じ。最初はやばいかな、と思ったがあっさり食べきってしまった。

問題はつけ合わせに頼んだポテトだった。マグカップに突き刺さる形で出てきたのだが、何とミートソースとホワイトソースがかかっている。つまり、ラザニアのパスタの部分をポテトにした感じだ。これはさすがにきついと思ったが、食べないわけにはいかない――食べると美味い。実に美味い。高校生の頃だったら、狂喜乱舞しながらお代わりしたかもしれない。実際店内には、嬉々《きき》として巨大なハンバーガーとポテトを摂取する高校生が大勢いたのだった。

ここまでは、まあ常識の範囲内である。常識からはみ出したのが、同行のIが「インスタ映えに」と言って（インスタはやっていないのに）頼んだ「THEフトッチョバーガー」だった。こういうふざけたネーミングの料理は、だいたいとんでもないものだが、想像以上にとんでもなかった。

高さ二十センチ強。予想をはるかに超える大きさだ。自立するはずもなく、しっかり串が刺さっている。中身は分厚いパティに巨大なコロッケ、さらに目玉焼き、トマト、大量のレタス。どう考えてもそのまま齧りつけるはずもなく、Iはバンズを外し、中身を個別に食べ始めた。とはいえ、なかなか減らない。そりゃそうだよね。

こうなると食事ではなく、「イベント」である。とはいえ、運ばれてきた瞬間に「おお」と盛り上がって終わる「出オチ」ではなく、味は確かだった。コロッケをちょっともらって食べたのだが、さすがジャガイモ王国というべきか、べらぼうに美味かった。これだけ買って帰って、夜のおかずにしたかったぐらいである。

分解した中身を見ると、沖縄の食堂でよく見かける「Aランチ」そのものである。沖縄の定食もその過剰さが有名で、揚げ物、炒め物が大量にサーブされるのだが、横にライスがあればまさにそのものずばりだ……などと考えながら頑張ったものの、さすがに食べきれない。五十五歳の胃では援護するにも限界がある。

弾丸メシのルールの一つ「完食」が、三回目にして早くも崩れてしまった。ミッション、失敗。申し訳ありませんが、今回は完敗だった。

他にも気になるメニューは多々。北海道ジンギスカンバーガー、いか踊りバーガー、函館山ハンバーガーと、名前だけでもそそられる。ハンバーガー以外にもカレー、カツ丼、スウィーツと何でもありだ（店舗と季節によってメニューは違うようです）。さすがに一気にこれだけをこなすのは不可能だ。何度も来るか、大勢で押しかけて一気に頼み、ちょいちょい食べるぐらいしか手はない。全メニュー制覇した人などいるのだろうか……。

想像以上にとんでもない!!
『THEフトッチョバーガー』 1日限定20食!!
¥880
胡麻つきのバンズ
大量のレタス
目玉焼き
トマト
分厚いパティ!!
巨大コロッケ
分厚いパティ!!
胡麻つきのバンズ
20cm強!!

後で地元の事情に詳しい人に聞くと、人気の秘密は「そりゃあ、あの味であの値段ですから」。チャイニーズチキンバーガー三百五十円。ハンバーガー二百七十円。THEフトッチョバーガー八百八十円。食べ残しが悔しかったので、THEフトッチョバーガーにはいつか再挑戦したい。

チェーン店というと、全国展開しているファストフードやファミリーレストランなどが頭に浮かぶが、ラッキーピエロのように、地元でしか展開していないローカルチェーンもある。これがまた、ことごとくいい味を出してるんですね。

俺にとって、ローカルチェーンといえばまず、新潟の「みかづき」だ。

ここは何というか……「イタリアン」というファストフードの店である。イタリアンのファストフードではなく、「イタリアン」のファストフード。

お分かりにならない？　では説明しましょう。

「イタリアン」とは、みかづきが提供する独特の麺料理だ。もう三十年以上前、新潟で暮らしていた時に出会って……何というか、非常に納得しにくい食べ物だった。食べた瞬間に首を傾《かし》げてしまうような。

要するに、焼きそばにトマトソースをかけたものである。これがオリジナルで、他にもカレーソースやエビチリをかけたものなど、バリエーションは豊富だ。会社自ら「新潟のソウルフード」と言い切っているのが潔い。

で、味の方なんですが……焼きそばにトマトソースをかけたものです。だからどんなだと言われても、それ以上説明しようがない。焼きそばとトマトソースを同時に食べるとこういう味になる、としか言いようがない。

正直、相当くどい味で、初めて食べた時には「これはちょっと……」と顔をしかめがちなのだが、しばらくするとまた無性に食べたくなる中毒性の高い食べ物だった。それに、何しろ安い。調べてみると、オリジナルのイタリアンが現在も三百四十円で、まさにファストフード価格である。若くて金がない頃、手っ取り早く腹を満たすのに便利な食べ物だった。東京だったら立ち食い蕎麦を食べるところを、その代わりに――という感じですね。

最後に食べたのはもうずいぶん前なのだが、今でも時々口中に記憶が蘇《よみがえ》る。五十も半ばになった今の胃には、ちょっときつい食べ物かもしれないが。

最近注目しているのは、静岡県内にしか店舗がないハンバーグレストランの「さわやか」だ（正確には「炭焼きレストランさわやか」）。

ここにはまだ行ったことがない。が、つい最近その存在を知ってから、気になってしょうがないのだ。二〇一八年春、箱根《はこね》に遊びに行った時に御殿場《ごてんば》経由で帰ることになり、ついでに御殿場で昼飯を食べていこうか、という話になった。御殿場で贔屓《ひいき》にしているのは中華の「名鉄菜館《めいてつさいかん》」なのだが、たまには他の店にしようと車でうろついている時に、ものすごい行列を発見したのだ。

郊外型のファミレスといった風情の店で駐車場も大きいのだが、駐車場は満杯、店をぐるりと客が取り囲んでいて、とても入れそうになかった。一瞬、ニューヨークはブルックリンの老舗ステーキ店「ピーター・ルーガー・ステーキハウス」を思い出したぐらいだった。ここもアメリカでは珍しく、開店前に長蛇の列ができる(日曜日のランチは十二時四十五分からという微妙な時間に始まるので、行かれる方はご注意を)。

あまりの大賑《おおにぎ》わいなので入るのは断念して、後で調べてみると、「げんこつハンバーグ」というのが人気らしい。これは時々見かけるタイプだが、俵形(さわやかの場合はボール形)に焼いたハンバーグを、熱い鉄板の上で切り開いて焼きつけ、最後の仕上げをする。俺は二十年以上前に、八王子《はちおうじ》の店で食べたのが初体験だったと思う。

さわやかでは、芯の部分はほとんどレアで供するのが特徴らしい。あの行列を見ると、どうしても食べたくなるな……当企画で実現するかどうかは分からないが。

このようなローカルチェーン店は各地にあるのだが、最大の特徴は「行かないと食べられない」ことだ。当たり前の話だが、これがプレミアム感につながっている。もちろん、土地の名産品や名物料理は多々あれど(日本は実に広いのだ)、旅先の食事として敢えて高級な料理やよく知られた名物ではなく、地元にしかないファストフードを選ぶのは、なかなか粋ではないかと思うのですが、いかがでしょうか。

ラッキーピエロ　ベイエリア本店
住所：函館市末広町23−18
電話番号：0138−26−2099

第4回

熊本

太平燕《タイピーエン》

「名前だけは知っているけど食べたことない料理」ってありますよね。

俺の場合だと……そうね、今ぱっと頭に浮かんだのが、「チットリン」だ。アメリカ南部料理の一つで、あちら風のモツ煮込みという感じだそうな。なかなか強烈な味つけで、現地でも好き嫌いが分かれる料理らしい。

俺が一番好きな作家、ジェームズ・リー・バークの「デイブ・ロビショー」シリーズによく出てくる。ニューオーリンズという、南部の象徴のような街が舞台であるが故だが、残念ながらまだ食したことがない。この先もチャンスがあるかどうかは分からない。

日本国内に目を向けても、この手の料理はいろいろあるよね。むしろ食べたことのないローカルな料理の方が多いと思う。

例えば——太平燕《タイピーエン》だ。今、いきなり頭に浮かんだ。熊本独特の麺料理という知識はあるのだが、九州に行く機会があまりないので、これまで食べたことがなかった。

太平燕。何ともめでてえ名前（なめえ、と読んで下さい）だねえ。最近は、いろいろな方法で情報が手に入るので、どんな味かはだいたい想像がつくのだが、それでも実際に食べてみないと何とも言えない。料理については、実食しているかしていないかで、天と地ほどの差があるからね。

こういう欲望は、常に潜在意識下で渦巻いているのだろうが、一度表面に浮かぶと、実際に食べるまで絶対に消えない。何故か頭に浮かんだ「太平燕」を食べる機会は逃したくない。よし、熊本に行こう。死ぬ前に、「名前だけ知っている料理」の数を減らしておきたいし。というわけで、熊本取材をスケジュールにぶちこんだ。こちらの用事は一時間ぐらいで済むはずだから、日帰りでも太平燕が食べられる。弾丸メシの要件を十分満たすぞ。

いちいち細かいねとお思いかもしれませんが、こういう企画はスタイルを守るのも大事だと考える次第です。三回目で既に「完食」のルールを外してますけどね。函館のラッキーピエロには、今でも頭が上がらない感じだな。

今回の旅の相棒は、読売新聞のK記者だった。普段、全国各地を歩き回って取材しているだけに、「美味い太平燕が食いてえ」（どうして江戸弁が続いているのかは不明）とリクエストすると、すぐに調べてくれた。

この日は朝から、頭の中が太平燕で一杯だった。熊本空港からバスで、「現場」近くまで直行する。「現場」って……既に事件取材のように荒い鼻息になっているのを自覚する。

その「現場」は熊本県庁近くの、マンション一階に入った中華料理店だった。外観、内装とも中華料理店にしては地味なのだが、ちょっと覗《のぞ》いてみると、午後一時近くなのに店内はほぼ満員である。よし、こういう店は絶対に美味いぞ。

メニューを見て驚いた。太平燕定食六百八十円？　都内のちょっとしたラーメン専門店だと、この値段ではラーメン単品も食べられない。ランチタイム価格だろうが、ライスと御新香つきでこの値段は、サービスし過ぎではないだろうか。

当然選択の必要もなく、速攻で大平燕定食を注文。店員さんから「時間かかりますよ」と不思議な宣告があったたが、実際なかなか来ない。ほぼ同時に入った隣のテーブルの四人組には、すぐに唐揚げ定食が届き、食べ始めているのに……その唐揚げが、大きさといい濃い茶色の仕上がり具合といい、いかにも美味そうだ。鶏の唐揚げは、色濃く揚がっている方が絶対美味いですよね。これを見ただけで、大平燕への期待も高まる。

太平燕、到着。

いやいや、これ、タンメンじゃないか。

見た目、丼の表面を覆い尽くしているのは大量のキャベツである。隙間にイカやエビ、キクラゲなどが見え隠れしているのは、タンメンというか長崎ちゃんぽん的なビジュアルとも言える。スープはほとんど透明で、うっすら脂が浮いているものの、いかにもすっきりして美味そうだ。

揚ゲ卵がなくて残念……
タンメンのようで
タンメンじゃない!!
＊太平燕
すっきりした
スープ!!
大量のキャベツ!!
イカ・エビ キクラゲ
しっかりした春雨が
たっぷり!!

まず、スープを一口。鶏ガラスープで予想通りのあっさりした塩味だが、野菜の甘さが滲《にじ》み出ていて、まさにお手本的なタンメンの味である。

ところが、野菜を掘り起こして麺を持ち上げてみると、これが透明なわけだ。つまり、春雨だから。これが太平燕最大の特徴である。

春雨を「麺料理の材料」として認知するようになったのはいつ頃だろう。もしかしたら、インスタントのカップ麺が最初だったかもしれない。ローカロリーを謳《うた》っているので、深夜に小腹を満たすために食べたのではなかったかな。

あれはまさにおやつ的な食べ物で、ちまちま食するものだった。これだけ大量の春雨を箸でごそっと持ち上げたのは、人生初かもしれない。

春雨というと柔らかくて、箸で持ち上げるとぶっつり切れてしまいそうな印象もあるのだが、どういうわけかここの春雨はしっかりしている。普通のラーメンのようにすすれる上に、やはり味には独特の透明感があった。スープをまとうというより、春雨は春雨で独立した旨味を発揮する感じだが、別にスープと喧嘩《けんか》しているわけではない。小麦粉生まれの麺とは明らかに違う軽やかさで、なるほど、地元で太平燕が「健康食」として親しまれているというのも理解できる。いくらでも入りそうな感じだ。

野菜をばくばく食べ（キャベツがくったりしていなくて、生っぽい食感が残っているのが好ましい）、麺をすすり、スープを飲んでいるうちに――飽きてきた。

すみません、もちろん不味《まず》いわけではなく、俺の味覚というか習性の問題だ。何か食べる時に、最初から最後まで同じ味というのが、どうにも我慢ならないのです。例えば蕎麦を食べる時も、つけ汁は初め「プレーン」で何も入れない。途中で麺に少し七味を振ったり、わさびはつけ汁に入れたり麺に直接まぶしたり、ネギも途中で半分ほどつけ汁に参加させて、どんどん味を変化させるのが好きなのだ（残ったネギは蕎麦湯を入れる時に加える）。せいろ一枚、三分で食べ終えてしまう料理でも、あれこれ工夫したくなる。

こいつもちょいとアレンジしてみるか……中華料理屋なので、卓上には醤油、酢、ラー油の定番トリオが揃《そろ》っている。ここで俺が選んだのはラー油。あまりにも優しい味なので、少し刺激を加えたかった。

失敗しました。

スープの優しさが、ラー油の刺激で死んでしまった。店が自信を持って出してきた味に、勝手なアレンジを加えるものじゃないよねえ。クソ、最後までそのままの味で通せばよかった。お店の皆さん、ごめんなさい。

次回は絶対、余計な味つけはせずにそのまま最後まで食べきろう。できたらはしごも……「ヘルシーだ」という先入観があるので、いけそうな気もするが、二連チャンはさすがにきついかな。そういうことが平気でできた時代が懐かしい。

もう一つ、太平燕再チャレンジを実行しなければならない理由がある。惜しいことに、今回行った店では、太平燕の「象徴」であるらしい揚げ卵が載っていなかったのだ。ウェブで太平燕の画像を見ると、いい感じに揚がった卵が、ポンと載っている。卵があるとなしでは、料理の満足度が二段ぐらい違いますよね。目玉焼きの載ったハンバーグと載っていないハンバーグ、あなたならどちらを選びますか？

空港へ戻るバスの中で、K記者と麺談義になった。彼は盛岡《もりおか》支局出身なので、わんこそば、じゃじゃ麺、冷麺と「盛岡三大麺」の話になる。

「冷麺って、そんなに頻繁に食べるものかね？　ランチではラーメンではなく冷麺とか？」

「そういう人もいますよ。ただ、東京の人が想像するほどじゃないかな」

「俺は盛岡へ行った時、ランチで食ったよ」

そこでちょいと思いついたのだが、冷麺と太平燕には実は共通点がある。「ラーメンのようでラーメンでない」、いわば「ラーメン近似料理」であることだ。

そんな話をしていたら、今度は急に冷麺のイメージが頭の中で大きくなってきた。

で、東京へ戻って、本誌担当・Iに早々に調査依頼を出した。都内で盛岡冷麺が食べられる場所は？

早々調べて、すぐに何か所かピックアップしてくれたのだが、その中で俺は蒲田の店を選んだ。ここは最近、「週刊文春」の連載の取材で、何度か訪れて顔馴染みになっている街だったから。しかし、盛岡冷麺の店があるとは知らなかった。

というわけで今回は、異例の二本立てでお送りします。

蒲田というのは、下町的なエネルギーが充満した街で、とにかく賑やかだ。目的の店があるのは、東急線の高架沿いにある「バーボンロード」の一角。いい名前の通りですねえ。酒を呑んでいた頃の俺だったら、この通りで喜んで沈没していたに違いない。

午前十一時半にI、そして単行本担当のNと待ち合わせたのだが、既にほぼ満員だった。ごくごく小さな店だからしょうがないかもしれないが、料理を待っているうちに、相席ができるほどの混雑ぶり……十二時前なのに混む店は、期待して間違いない。仕事をちょっと早めに抜け出しても食べたい店、ということなのだ。

冷麺だけではなく、他の韓国料理もあり、チヂミや豆腐チゲを頼んでいる人もいる。しかし今回の目的はあくまで冷麺だ。平壌《ピョンヤン》冷麺、八百円。「平壌」を名乗っているものの、これが盛岡冷麺の元祖のようだ。辛さが何段階かで調整できるが、今回は無難な「普通辛」にした。ビビンバやおにぎりをつけたセットにもできるようだが、純粋に冷麺だけを味わうことにする。いや、実際は胃の空き具合を心配したんですけどね。昔は冷麺というと、散々焼肉を食べた後の締めの選択肢の一つだったのだが、さすがに今はそこまで胃に余裕がない。そもそも、酒を呑まなくなってから、焼肉の友はビールではなく白飯なので、「締める」必要がなくなっているのだ。

さて、この冷麺は極めてオーソドックスで、俺が「冷麺」と聞いた時にイメージする料理そのままだった。透明感のある麺、そしてこれも基本的に透明なスープは、キムチによって薄赤く染まっている。具はキムチの他に、モヤシ、煮た牛肉、きゅうりにゆで卵。

ではでは……早速麺から。いつも通りに硬い麺。歯ごたえとかそういうレベルではなく、歯を受けつけないほどコシが強いのが冷麺の特徴であり、それはここも同じだった。何度か噛んでみるのだが、結局ほとんど噛めていないことに気づいて呑みこむ——となると、麺自体の喉越しをはっきり感じられるわけで、これこそが冷麺を食べる時の醍醐《だいご》味《み》ではないだろうか。

調べてみると、盛岡冷麺の麺というのは、基本的に小麦粉が原料で、細い穴の空いた専用の機械で「押し出して」麺の形にするのが最大の特徴だ。麺の作り方というのは、「細く切る」か「引っ張って伸ばしてだんだん細くする」か「押し出す」というのがほぼ全てらしい（削って作る中華の麺もあるが、あれは麺というには太過ぎるし形も均一ではない）。しかし、実際に「押し出して」作るのは冷麺ぐらいではないだろうか。こ

ゆで卵
りんご
煮た牛肉
モヤシ
噛んでも
ほとんど噛めない麺!!
これぞ
冷麺の
醍醐味!!
＊平壌冷麺
ごくごく飲める
スープ!!
キムチ
きゅうり

の過程で、他に類を見ない独特のコシが生まれるのだという。「硬い」のではなく、あくまで「コシが強い」。

ちなみに調べてみると実際の平壌冷麺は蕎麦粉が主原料のようだ。ちょっとややこしいですね。

いやいや、しかし暑い夏（二〇一八年は特に暑かった）には最適の麺料理でした。「スープはどんぶりを持って飲み干して下さい」というのが店側の「お願い」だったので、指示に従う。キムチの酸味と辛味、それに滋味のあるベースのスープの味が相まって、ごくごく呑める。が、さすがに残してしまった。ラーメンのスープと違って脂分はほとんど感じられないのだが、ま、そこは健康を慮《おもんぱか》ってということで。料理を楽しむにも、いろいろ面倒なことは多いのです。

ところで結局、ラーメンというのは何だろう？

手元の広辞苑を見ると「中国風に仕立てた汁そば。小麦粉に鶏卵・塩・梘水《かんすい》・水を入れてよく練り、そばのようにしたものを茹《ゆ》で、スープに入れたもの」とある。ポイントはどうやらスープではなく麺、しかも「梘水」のようだ。これを入れることで、麺に独特の黄色い色合いや風味が生まれる。醬油味のスープに黄色い縮れ麺というのが、俺たちの世代に共通のラーメンの原型だろう。逆に、スープの味つけは何でもありとなるわけで、醤油の他に味噌《みそ》、塩、豚骨とバリエーション豊かになる。

このラーメンがどうやって日本に定着したかという問題にはなかなか答えが出ないようだが、中国伝来のものなのは間違いない。いわゆる「拉麺《ラーメン》」ですね。さらにこのルーツになったのが、中央アジアで広く食べられている「ラグマン」という料理らしい。

ラグマンは小麦粉の麺なのだが、必ずしもスープ麺ではないらしい。牛とトマトベースのスープで煮た羊肉や野菜などの具をかけて食べる方式で、日本で言えば「ぶっかけ蕎麦」に近い感じだろうか。麺には梘水は入れないようで、当然、日本のラーメンの定義とは相容《あいい》れない存在だ。

ラーメンを中心にして考えれば、ラグマンや太平燕、冷麺などは、やはり「ラーメン近似料理」という感じになるわけなのだろうか。

太平燕なのだが、ウェブサイト「熊本市観光ガイド（https://kumamoto-guide.jp/）」によると、「明治時代に華僑《かきょう》によって伝えられた中国福建省《ふっけんしょう》の郷土料理を日本の食材に置き換えてアレンジされたもの」だそう。なるほど、日本人得意の「アレンジ」なわけですね。

そして中華料理とは言えても、やはりラーメンとは呼べない。こういう「ラーメン近似料理」についてまとめてみたら面白いだろうな。ただ、まとまりがなくなるのも間違いないと思う。とにかく種類が多いのだ。

例えば鳥取の「素《す》ラーメン」はどうだ。これは中華麺をうどんの汁に入れたもので、具は天かす、ネギ、モヤシなど。うどんの麺を中華麺に変えたものとも、ラーメンとうどんのハイブリッド料理とも言える。味はたぶん、ラーメンとうどんの合体版のような感じだろうが、イマイチ想像がつかない。これもいつか、食べに行かなければなるまい。

比較的ポピュラーな沖縄そばはどうだろう。今は麺に梘水を入れて作るようだが（本来は灰汁《あく》）、あの独特のボソボソとした食感は、ラーメンとは言い難い。汁も脂っ気の薄い和風で、ラーメンというより関西風のうどんの汁を彷彿《ほうふつ》させる。麺に梘水が入っていても、ラーメン近似料理に分類すべきではないか？

さらに青森県黒石《くろいし》市や栃木県那須塩原《なすしおばら》市には、焼きそばをスープに入れた料理がある。作り方はそれぞれ違うようだが、これなど、もはやラーメン近似料理と言えるかどうかも分からない。

そしてこれらの背後には、「ラーメン近似料理界のラスボス」こと冷やし中華が控えている。少なめのタレに麺が浸《つ》かった佇《たたず》まいは、日本の夏には欠かせない存在だ。中華麺を使っていても、広辞苑の「ラーメン」の定義からは外れるわけで、やはりラーメンとは別種の食べ物ですよね。これも、中国にある「涼麺《リャンメン》」などの冷たい麺料理がヒントなのだろう。「涼麺」は濃厚なタレが特徴だそうで、酢がベースの日本の冷やし中華とは趣が違う。本来しつこい料理をさっぱり味に変化させるのは、日本人が得意とするところですよね。
恐るべき日本人のアレンジ力。「ラーメン周辺料理」という沼はとてつもなく深い。
ここにはまったら、簡単には抜け出せないぞ。

第5回

アントワープ
フリットとワッフル

今回の話は、「ジャガイモがなかったらアメリカの警察小説は今とはまったく違うものになっていたかもしれない」です。あまり自信はないが、思いついちゃったんだからしょうがない。何とかまとめてご覧にいれましょう。

パリにいた。

で、ジャガイモを食べていた。好きでそうしていたわけではないのだが、ジャガイモといえば、ヨーロッパ各国における「主食」みたいな野菜だからしょうがない。フランスでも、ステーキにフレンチフライを組み合わせた「ステーキ・フリット」は定番だし、他にも炒める、マッシュにするなど、主役ではないものの、様々な形で料理を引き立てる。スープにしてもまたよろしい。ことに、夏のヴィシソワーズは、ジャガイモ特有の泥臭さが消えて爽やかな一品である。

とはいえ、やっぱり飽きてくるんですね。どう食べてもジャガイモはジャガイモ、当たり前だ。

実はパリに来る前、一つの情報を聞いていた。「フリット（フライドポテト）ならフランスよりもベルギーの方が本場だよ」（この件については現在論争中だ）と。

ほほう、ベルギーか。

アメリカと比べれば、ヨーロッパは意外に狭く、特にシェンゲン協定などで行き来が簡単になってからは、ますます狭い感じになった。

フランスからベルギーへ行くには、「タリス」という高速列車が便利で、パリ北駅からブリュッセル南駅までは一時間二十分ほど、アントワープ中央駅までも二時間強しかかからない。パリからアントワープ中央駅までは、新幹線で東京から京都へ行くような感覚か……朝出れば、十分日帰り可能だ。どうせならヨーロッパ有数の古都へ行ってフリットを食べてやろう、と決めた。弾丸メシヨーロッパ版、決行である。

で、真っ赤な外装と内装で有名なタリスなのだが、以下、企画の趣旨が変わってしまいますので、乗り心地とアントワープ中央駅の豪奢《ごうしゃ》さについては省略します。鉄オタの皆さん、すみません。

アントワープは基本、コンパクトな街である。ダイヤモンド専門店がずらりと軒を並べる駅周辺から、本来の街の中心部である旧市街までは、歩いて十五分ほど。いかにもヨーロッパの古都らしい落ち着いた街並みだ。旧市街の中心にあってランドマークになっているのが、『フランダースの犬』で知られるノートルダム大聖堂。欧米では、駅などではなく教会や広場を中心に街が発展していくことが多いですよね。

この辺りが一大観光地、それにレストラン街になっているのだが、ベルギー名物といえば「ムール貝&フリット」である。ムール貝か……昔牡蠣《かき》にあたってから、俺は貝が苦手である。できるだけ人生から貝類を排除して生きてきた。とはいえ、フリットだけはどうしても食べたい。「ムール貝&フリット」を頼んで貝を食べなかったら、さすがに顰蹙《ひんしゆく》を買うだろうな。トンカツ屋へ行って、キャベツだけ食べて帰ってくるようなものか。以前、「キャベツダイエット」と称して、こういう失礼なことをしている変人の話を小説に書いたことがあったが、この人物はさすがに他の登場人物から白い目で見られていた。当たり前か。

探すと、フリット専門店があった。どういう店かとまずは外から偵察してみると、受付(&キッチン)で注文し、そのままテークアウトするか、受付の両側にあるテーブル席で食べるようだ。店頭に貼り出されたメニューはさっぱり読めないのだが、他の客の動きを観察していると、基本はフリットで、それに様々な「揚げ物」を組み合わせて軽食方式で食べるらしい。受付前のガラスケースの中には、見慣れたソーセージなどの他に、何だか分からないものもずらりと並んでいる。

ちなみにフリットの表記は「frieten」。アントワープはオランダ語圏なので、当然オランダ語である。読みは「フリーテン」のようだが、ここでは一応「フリット」で統一していきます。

さて、どういう組み合わせでいってみようか。

まずフリットは無難に「klein」にした。値段からして、これが一番小さいサイズらしい。そしてどうやら、何かソースをかけるのが基本的な食べ方のようだ。ソースの種類は「マヨネーズ」「カレーケチャップ」「ピクルス」（この辺は読めた）とずらりと並んでいるが、その中から「サムライ」を選択。海外では、こういう和風の物を選ぶと、ろくなことにならないと経験で分かってるんだけどな……まあ、いい。食は冒険でもある。失敗すれば、それはそれでネタになるし。

フリットだけで昼飯というのもちょっと寂しいので、ガラスケースの中で目についた真っ白なソーセージ（一見魚肉ソーセージみたいだが、ベルギーにあるとは思えない）をサブメニューにチョイスした。これならそれほど重くなさそうだしね。ちなみにフリットの一番小さいサイズが三・一ユーロ、トッピングのサムライソースは〇・九ユーロだった。ソーセージは「指差し確認」で選んだので結局何だか分からず、値段も不明。うーむ、不安だ。

さてさて、出てきたものは……小サイズと言いながら、紙容器にごっそり盛られたフリットは七ミリから八ミリ角ぐらいで結構太い。で、上には問題のサムライソースがべったり。薄いピンク色で、見た目はちょっとサウザンド・アイランド・ドレッシングっぽい。さらにソーセージは「開いた」状態でこんがりと揚げられ、生の状態の白とは打って変わって濃い茶色で登場した。

ではでは……フリットを一本つまみ、まずはソースなしで口へ運ぶ。

こ、これは……！　外側はカリッと、中はほっこり、しかもみっちり。日本人が大好きな食感だが、ことフライドポテトに関しては、こういう食感は滅多に味わえない。全体にしなっと柔らかいものが多いし、カリッとしたものは、実は小麦粉をつけて揚げた結果だったりする。それに、カリッとしているものは、「中までカリッと」の場合が多い。つまり、全体に完全に火が通ってしまい、「皮」と「中身」ではなく全てが均一の状態なのだ。こうなると、柔らかい芋けんぴですよね。あるいは、外側の食感はよくても、中はすかすかというのもよくある。

ところがこのフリットは、「皮」と「中身」で食感が明らかに違う。いろいろ調べてみると、ジャガイモの中でも特に「揚げる」調理法に適したものを使っていること、冷凍物ではなく、店で生の状態から揚げていることなどから、こういう食感になるらしい。日本でジャガイモというと、男爵とメークインが二大勢力だが、ヨーロッパには多くの種類のジャガイモがある。調理法によって使う種類も決まっているようで、「フライ用」「煮込み用」「ピューレ用」などと分かれているようだ。そんな風に細かく分けて使っているのは故ジョエル・ロブションだけかと思っていたが（何かでそんな話を読んだ）、一般家庭でもごく普通のことらしい。

古都 アントワープの
*フリット
frieten
フリット専門店で!!
ソースは「サムライ」。
薄いピンク色で
サウザンド・アイランド
ドレッシングっぽい
一口食べて堂場氏驚愕!!
外はカリッ! 中はほっこり
みっちり♡♡

しかし、フライ用のジャガイモか……これほど食感が違うとは驚きだった。塩気もほどよく、これは単なるつけ合わせではなく一つの料理として完成していると言っていい。ベルギーでは実際、食事の時に食べるのはパンよりもフリット、ということが多いそうで、やはり主食扱いになるようだ。その意味でこの店は、日本の「おにぎり屋さん」のようなものかもしれない。

あ、ちなみに「サムライソース」はマヨネーズに唐辛子（たぶん）をミックスしたものでした。飛び上がるほど辛いわけではないが、後からじわじわ辛味が蓄積してくるタイプ。何で「サムライ」なのかは分からないが、まあ、いいか。美味かった。俺はビールを（酒を）呑まないのだが、このフリット、ビール好きには最高のあてになるだろう。ちなみにコーラを美味く飲ませることにおいても最高のスナックだった。

もう一つ、ソーセージはもちろん魚肉ソーセージではなく普通の豚肉だったが、ニンニクが結構きつく効いていた。こいつもビールには最高だろうな。

とにかくこの日、俺のフライドポテト人生の第二章が幕開けした。もう一度ベルギーまで来る機会があるかどうかは分からないが、この味の記憶だけで生きていける。

すみません、言い過ぎました。

前にトマトの話でも書いたが、ジャガイモもトマトと同じように南アメリカ大陸からヨーロッパにもたらされた野菜である。ちなみに同じナス科ナス属でもありますね。トマト以上にヨーロッパ全域に広がり、そのうち炭水化物源として貴重な存在になった。ドイツなどでは、とにかく何でもかんでもジャガイモですよね。前にベルリンでスーパーを覗いた時、米の五キロ入りぐらいの袋一杯に入ったジャガイモがわずか二ユーロ（確か）で売られていて驚いたことがある。

ところが、あまりにもジャガイモ頼りになった食生活が災いして、十九世紀には「ジャガイモ飢饉《ききん》」という事件が起きる。舞台はアイルランド。当時、様々な事情で「ジャガイモが唯一の食料」という状態になっていたのだが、ヨーロッパ全域でジャガイモの疫病が大流行して、致命傷を受けた。要するに食べ物がない状態で餓死者が続出し、残された人たちは国外脱出の道を選んだわけだ。

当然アメリカへの移民も多く、中でもボストンには多くのアイルランド人が移り住んだ。彼らはアイルランド人のコミュニティを作りつつアメリカ社会に溶けこみ、その後二十世紀になってからは、何故か警察官になる者が多くなった。

ここで話は最初に戻ります。

アメリカの東海岸、ニューヨークやボストンでは、警察官や消防士にアイルランド系アメリカ人が多い。これには諸説あって、移民だから危険な仕事に就くしかなかったとか、もともと血気盛んなお国柄故、わざわざ危ない仕事を買って出たとか……本当のところは分かりませんけどね。

しかし、警察の中でアイルランド系がかなりのメジャー勢力なのは間違いなく、小説でも多くのアイルランド系警官が活躍している。有名なところでは、「スペンサー・シリーズ」でいい味出しているボストン市警のマーティン・クワーク警部とかね。最近の小説では、ドン・ウィンズロウの『ダ・フォース』の主人公、マローンがアイルランド系アメリカ人である。彼を軸に、ニューヨークに生きる様々な人種の登場人物の人間模様が紡がれていく。

実際はともかくアイルランド系というと、酒が好き、喧嘩っ早い、強情等々が民族ジョークのネタにもされるのだが、こういう極端さが、小説世界にも彩りを与えてくれるのは間違いない。

もしもアイルランドのジャガイモ飢饉がなかったら、あるいはジャガイモそのものがヨーロッパに渡っていなかったら、アイルランド系アメリカ人はここまで多くならなかったはずで、そうなったらアメリカの警察小説は、今とはかなり異なった色合いになっていただろう。

どうです？　冒頭の話、まとまりましたか？

で、あとは久々にスウィーツ。

ベルギーといえば、やはりワッフルである。いや、俺は特に食べたくなかったのだが(何しろダブル揚げ物の後だ)、スウィーツに目のない家人が歩き回って疲れ果てていたので、糖分補給をする必要もあった。

ベルギーのワッフルには「リエージュ風」「ブリュッセル風」と二種類あるそうだが、たまたま飛びこんだカフェは、オリジナル色の強いワッフルを出していた。

ええと……見た目、失敗したたこ焼きって感じですかね。普通は六角形の格子状に仕上がっているのだが、まるでたこ焼きがくっついたように半球形の盛り上がりが連なっている。大きさは直径三十センチ弱というところか。そこにナッツとチョコレートをトッピングすると、なかなか美しいビジュアルである。

半分食べたところで、「残りはお願い」と家人が皿を押しやってきた。ああ、いつもこうだ……家人の体重は、俺の半分しかない。当然、極めて少食である。結婚してからずっと、食べ残した分を食べさせられている気がする。お互いに「残すともったいない」という気持ちが強いからだが、それにしても俺の脂肪の何割かは、間違いなく家人の責任だ。ぶつぶつ。

食べてみると、たこ焼きの中は空洞だった。あれれ、と思いつつ食べ進めると、とにかく食感が軽い。甘さも控えめ。こいつはいいぞ……結構大きいサイズだったのだが、あっという間に残り半分を食べてしまった。後で確認したら、店の名前が「バブル・ワッフル・カフェ」で、この独特の形状が名物なのだった。この空洞、中に何か入れたくなる人もいるだろうな……大阪の人だったら「何か入れんかい」、名古屋《なごや》の人だったら「埋めてちょ」と迫ってくるはずだ。ちなみに、さすがにタコは合いそうにありません。

典型的な、というかごく普通のワッフルを食べるつもりだったのに、いきなり大変化球……と思って食べ終えた後で調べてみると、日本にも店があるじゃないか。クレープのように巻いて、中にアイスクリームなどを詰めて食べるスタイルもありらしい。なーんだ。

となると、どうしても普通のワッフルも食べたくなる。

それで、パリに帰る直前、アントワープ中央駅の売店で、もう一つワッフルを仕入れた。焼きたてにその場でメープルシロップをたっぷりかけて渡してくれる。パリに帰ったら夜食にしよう（また食べるんかい）……。

ところがここで、予想外のトラブルに見舞われた。

パリ北駅に午後九時半ぐらいに着くタリスに乗ったのだが、アントワープ中央駅を出た瞬間、止まりやがった。日本の鉄道もそうなのだが、こういう時、なかなか事情の説明が始まらない。しばらく経つと三か国語（オランダ語、フランス語、英語）でアナウンスがあり、どうやらポイント故障か何かが起きたらしいと分かった。で、一度アントワープ中央駅へ引き返す、と。

ベルギーと言えばワッフル!!
バブルワッフルカフェのワッフル
大変化球のワッフルに遭遇!!
たこ焼きが
くっついたような形
中は空洞
ナッツとチョコの
トッピング…!!
直径30センチ弱と 結構大きい!!

冗談じゃねえぞ。

パリ滞在は残り明日一日だけなのだ。今夜は早く戻って、明日に備えてゆっくり休もうと思っていたのに……まさか、新幹線ホテルならぬタリスホテルじゃねえだろうな、と一人気色《けしき》ばんでしまった。日本人なら普通の反応ですよね。五分遅れても許せん。

しかし、周りの人は一向に慌てる気配がない。こういうことはしょっちゅうあるから、慣れてるんだろうな、一人でイライラしてもしょうがないと気を取り直した。で、暇潰しにと、買ったばかりのワッフルにかぶりつく。

と、これも新たな食感ではないか。

本来ワッフルは、焼きたてを食べれば少しカリカリした食感が残っているもので、その軽快感が売り物だと思うが、このワッフルはメープルシロップが染みこんだ結果、しんなりした歯ごたえになっている。甘みはそれほど強くないので、さくさく食べられる。

これはこれで悪くないんですね。特にこういう、気持ちがささくれ立った時にはよろしい。イライラ解消には、やはり糖分ですね。優しい甘さのワッフルを手でちぎってしみじみ食べていると、ようやく列車が動き出した。

まあ、こういうこともあるよな。旅にトラブルはつきものだ。

結局、タリスは九十分遅れでパリに到着し、少しだけ払い戻しになった。損したのか得したのか、よく分からない旅だったが、しなっしなのワッフルに慰められたのはいい経験だった。

あ、ちなみに今回秋山洋子《あきやまようこ》さんに描いてもらったのは「バブル・ワッフル」の方です。典型的ではないのだが、ビジュアル的には派手なので、こっちをお願いしました。もう一つのしなっしなのワッフルは、見た目イマイチだったからね。

第6回

東広島

美酒鍋

俺は酒を呑まない。

呑めないし呑まない。

昔は呑んでいたがきっぱりやめた。

これには短編小説が一本書けるぐらいの理由があるのだが、それはまあ、ここではいいとして……。

話、変わります。

鍋、好きですか？　俺は好きだ。味、栄養バランス、見た目の美しさを備えた鍋こそ、日本を代表する料理の一つだと思う。寄せ鍋、水炊き、牛鍋……全国各地に土地の名産を生かした鍋があり、同じ名前の鍋であっても、それぞれの家庭に独自の味がある。

ある日、変わった名前の鍋のことを耳にした。「美酒鍋」。何でも、だし汁やタレを一切使わず、日本酒だけで炒《い》りつけるように作るという、馴染みのない料理だ。酒は和食の調味料としては定番なのだが、「炒りつける」ために使うというのはあまり聞かない。

場所は、酒処《さけどころ》として知られる広島県東広島市、というより、旧西条町《さいじょうちょう》と言った方が、呑んべえには話の通りが早いかもしれない。伏見《ふしみ》、灘《なだ》とともに日本酒の三大産地とも言われており、最近は「酒蔵の町」を観光資源として打ち出している。美酒鍋もその名物として有名なのだという。

酒を呑まない俺が、酒だけで作った鍋を食べる――面白い。人生はチャレンジだ。というわけで、広島へゴー。同行は、実業之日本社のT、Fの女性コンビだ。ちなみにTは、生粋のカープ女子である。いや、カープ女子という言葉が生まれる前からのファンだ。この日、実はカープ絡みで一イベントあったのだが、それはここでは記さない。この連載は、あくまで食べる話にフォーカスします。潔くいこう。

こんなことがなければ、一生来ることがない街だったかもしれない。

JR山陽本線西条駅南口。ここに「酒蔵通り」がある。あちこちに、天を目指す赤いレンガ煙突。これが西条の酒造会社の独特のスタイルらしい。白漆喰《しろしっくい》となまこ壁のコントラストが美しい酒蔵は、明治、大正っぽい雰囲気を濃厚に漂わせる。訪れたのは、五月なのに夏のように暑い日で、雲が湧く青空に白い壁の建物、赤いレンガ煙突のコントラストが見事だった。そこを歩いている自分は、さながら大正時代の作家のようなものか……いや、当時の作家といえば呑まない人はいないようなイメージがあるから、俺は当てはまらないだろう。

事前に予約してあった、酒蔵が経営する和食店に入る。中は何となく、明治・大正の洋館の趣である。壁の棚にはずらりとお猪口《ちょこ》が並び、俺は一瞬、神保町のコーヒーの名店・古瀬戸《こせと》珈琲《コーヒー》店を思い出した。あの店は、カウンターの奥の棚にずらりとコーヒーカップが並んでいるんですよね。酒は呑まずとも、こういう雰囲気は嫌いではない。

出てきた美酒鍋は、昼とあって控えめな大きさだった。池波正太郎《いけなみしょうたろう》的に言えば「小鍋立て」サイズですね。パッと見た限り、入っているのは牛肉、人参《にんじん》、白菜、こんにゃく、しいたけ、小松菜等々、鍋物のレギュラー陣とも言える具材ばかり。材料的には変わった物は見当たらず、不動の上位打線で構成されている。鍋物オールスターズですね。

このメンツが、醤油味や味噌味の煮汁の中でぐつぐつ煮えているのが普通の鍋物のビジュアルなのだが、美酒鍋の場合は具しか見えない。よく見ると、底の方にわずかに透明な汁が溜《た》まっている。具材は「腰湯に浸かっている」というより「足湯に入っている」感じ。黄身の色が濃い生卵つきで、こちらはお好みでどうぞ、ということのようだ。

「小松菜が煮えたらお食べ下さい」という店の人の指示に従い、待つこと二、三分。すぐに、日本酒の甘い香りが漂いだす。酔うほどではないが、「日本酒使ってます、いや、日本酒しか使ってません」アピールが、鍋から強烈に沸き立ってきた。

そういえば昔、仕事仲間と鍋をやっていて、汁が煮詰まってしまったので余っていた日本酒を大量投入したら、アルコールが抜けきれずに意図せず酔っ払ってしまったことがあったが、これは大丈夫だろうか……。

小松菜が煮えたら
食べ頃。
美酒鍋!!
底の方に
わずかな汁。
日本酒の香りが
漂う〜
Aki
牛肉、人参、白菜、こんにゃく、しいたけ等々
お酒を呑まない堂場さんが挑戦!!

指示通り、小松菜がくったりしてきたタイミングを見計らって、早速食べてみた。それぞれの具材が小さいので（何しろ小鍋立てだ）一つずつちまちまとつまみ上げるのではなく、ごそっとまとめて口に入れることになる。その味は……見た目から予想した通り、うっすらとした塩味だった。しかしその奥に、控えめな甘みが隠れている。素材の味を、酒が穏やかに膨らませている感じだ。そしてかすかなニンニクの香りがアクセントになっている。

この甘さは、まさに日本酒の甘さだ。

酒を呑んでいた頃、日本酒だけはどうも苦手だった。いくら辛口でも当然独特の甘みがあり、それがどうにも口に合わなかったのだと思う。しかも必ず翌日に残り、何度も痛い目に遭った。しかしこの鍋には、酒の最上の甘さが、香りだけ残して閉じこめられている。何とも上品な味だ。

最初、「日本酒で炒りつける」と聞いて、ワイルドな味を想像していた。余った具材を鍋にぶちこみ、かん冷ましの酒を適当にふりかけて、てな感じで。しかしお店の人に聞くと、基本の味つけは日本酒、塩、胡椒《こしよう》だけで、ワイルドになりようがない。実際には、肉を炒めて塩胡椒で味つけし、そこに材料がひたひたになるぐらいの日本酒を入れて、野菜を入れて、という手順になるらしい。隠し味にはやはりニンニク。いかにも酒処らしく、酒をたっぷり使った賄い料理がルーツのようだ。

食べ進めていくと、こりこりとした不思議な食感に気づいた。はて、面妖な……珍しいキノコでも使っているのかと思ったが、この硬さは植物性のそれではない。忙しそうな店の人をまたも呼び止めて聞いてみると（うるさい客だね）「砂肝です」。砂肝？　マジか？　同行していたTとFに「焼き鳥以外で砂肝を食べたことは？」と確認すると、二人とも「ノー」。そりゃそうだよね。俺も記憶にない。もちろん砂肝にも、様々な料理法があるのだろうが、一番メジャーなのはやはり焼き鳥だ。少なくとも、鍋とは想像もしていなかった。もつ鍋には入っていてもおかしくないのだが、この美酒鍋の上品さにはいかがなものか……しかしこれはこれで、食感の面白いアクセントになって悪くない。

半分ほど食べたところで、卵にヘルプをお願いした。

鍋物で卵を参入させるといえば、すき焼きだろう。すき焼きになぜ卵を使うのかは分からないのだが、一説には「すき焼きの濃い味つけを卵で和らげるため」。うーん、分からないでもないし美味いけど、絶対にカロリー過多だよね。永遠にダイエット中の俺は、最近は卵を使わずに食べきってしまう。

美酒鍋の場合、卵を使うと一気に奥行きが広がった。それまではさっぱりと食べていたのだが、溶き卵をまとった具材が、濃厚な味に変わったのだ。これは意外な展開。ある意味、すき焼きとは正反対の手法と言っていい。

それにしてもこの鍋、いろいろアレンジが利きそうだ。醤油や味噌を参入させると普通の鍋になってしまうが、胡椒をもっと効かせる(粒のブラックペッパーをごりごり挽《ひ》くのがよろしいだろうな)、バターを落としてみる、コチュジャンや豆板醤《トウバンジャン》などの辛い調味料を参入させるなど、いくらでも味を広げることができそうだ。辛くしておいて卵で食べると、なお美味いだろう。

あ、コチュジャンを入れたら普通にチゲ鍋になっちまうか。カレー粉とコチュジャンは、どんな料理でもその味にしてしまって逆戻り不可能という意味で、調味料の最終兵器と言える——さすがにこの二つはなしだ。

食べ終えると、鍋の底にうっすらと白濁した汁が残る。日本酒、それに野菜から出た汁は、やはり「鍋物」と言うには少なく、この料理自体、「美酒鍋」ではなく「美酒焼き」と呼ぶのがより正確ではないかと思う。しかし、「焼き」っていう呼び方には何となく品がないよね。「鍋」にすることで、いかにもその地方の名物っぽい感じが生まれるわけで、このネーミングで正解というわけだ。誰が考えたかは分からないが、酒蔵の街にいかにも相応しい料理である。

食べ終わってから、一つだけ後悔した。わずかに残ったこの汁に、溶き卵の残りを加えて柔らかく固め、ご飯に載せて玉子丼にしたらどうだっただろう。たぶん、俺の人生で最高に滋味溢《あふ》れる玉子丼になったはずだ。ちょいと醤油を垂らしたら、たまらん味だったでしょうね。

後でTに「失敗した」と零すと、「そうですよね。生卵を下げられる時にもったいないな、と思いました」と同調してくれた。考えることは誰でも同じですね。ただし食べ終えた時点ではもう固形燃料はなくなっていたのだが。頼んだら新しくもらえたのかな？（本当にうるさい客だな）

思いついたら何でもやってみるもんだね。次に西条に来られるのがいつか、分からないし。

いや、自分で作ればいいのか。再現は簡単そうな料理だから、帰ったら早速試してみようと決めた。いいレシピを手に入れたものだ。

ちなみにこの美酒鍋をメーンにした「御膳」、お造りなどがついて千五百八十円だった。御新香がべらぼうに美味かったことを追記しておく。御新香が美味い店は、絶対に信用できるよね。

美酒鍋を食べながら考えた。そもそも鍋料理とは何だろう。

だし汁で様々な材料を煮込む――それだと煮物と変わらないわけで、「鍋」の最大の特徴を一つ挙げれば、食卓で調理することだと思う。「作りながら食べる」という、ちょっと特異な料理方法だ（焼肉なんかもそのジャンルかな）。そして小鍋立ては別として、一人で囲む鍋というのもまずない。家族や友人と一緒に食べてこそ、鍋は真価を発揮する。理想は四人かな。この人数だと、材料が煮えるスピード、食べるスピードが上《う》手《ま》くマッチする感じがする。

　この辺の光景に、鍋のルーツが想像できる。囲炉裏端で鍋を火にかけ、皆であれこれ材料を放りこみ、その家独特の味つけで食べる。何だか日本の農村の原風景のような感じだが、当たらずといえども遠からずではないだろうか。

　あとは、そのまま食べるのではなく、つけダレや薬味を使う場合が多い、ということですかね。そしてしばしば「締め」として、具を食べ終えたところで雑炊にしたりうどんなどの麺類を入れたりする――こんなものだろうか？　もっとも、鍋を「おかず」に白飯を食べることも珍しくはないわけで、「締め」は必ずしも必須条件ではないだろう。

　こういう料理であるが故に、「鍋奉行」という立場の人間が自然発生したりして（俺もその一人だ。ついでに焼肉奉行でもある）、食べ方について参加者のカルチャーギャップが思いもかけぬ形で露呈したりする。例えばしごく一般的な「寄せ鍋」でも、各家庭で内容は千差万別だろう。「白菜じゃなくてキャベツなのか？」「ネギは細ネギなのか？」「鶏じゃなくて豚？」等々。もしかしたら寄せ鍋には、共通キーワードが一切ないのかもしれない。つまり、定番レシピのない料理。「寄せ鍋」という言葉だけが一人歩きしているようだ。

うーん、鍋ってえのは面白いねえ。

ちなみに俺の家で最も登場回数が多いのは「常夜鍋」で、材料は豚肉の薄切りとほうれん草（冬場だけに登場するちぢみほうれん草だとなおいい）、太いネギだけである。だし汁ではなく少し酒を垂らしたお湯を使い、市販のポン酢ではなく、カボスやスダチなどの搾り汁と醬油を合わせて、つけダレを加減する。さっぱりしていていくらでも食べられます。

もちろん、「自作」ではない鍋もある。お高いお店なんかに行くと、仲居さんが「お作りしますね」とすき焼きを調えてくれたりする、あれです。ちなみに美酒鍋の場合、昼の小鍋立てはほぼ完成した状態で出てくるが、夜に大勢で大きな鍋をつつく場合は、その場で作ってもらえるそうだ。要するに、高級店のすき焼き方式ですね。

しかしなあ……鍋の定義は簡単なようで、やっぱり難しいぞ。例えばおでんは鍋なのだろうか。すき焼きは「焼く」工程が入るのに、鍋に入れていいのだろうか。もしかしたら美酒鍋のように「鍋」と名をつければ、全て鍋と言ってしまっていいのかもしれない。仮にそうしても、クレームもつかないだろう。大きな鍋で卓上で料理するものは、何でも「鍋」と考えてしまう方が簡単かもしれない。

いやいや、鍋を使わない鍋料理さえもある。昆布《こんぶ》や和紙を鍋代わりにすることもあるし、帆立の貝殻を使う「かやき」（これは小鍋立ての一種だが）だって東北では有名だ。

何という許容範囲の広さ。日本的鷹揚《おうよう》さの極致。

材料と味つけを考えると、日本には無数の鍋があると言っていい。いや、似たような料理は韓国や中国、タイにもある。ヨーロッパのポトフやブイヤベースなども、「鍋近似料理」と言っていいのではないだろうか。鍋料理のルーツを辿《たど》っていくと、世界のどこに行き着くのだろう。農家の囲炉裏端で作る（これはあくまで個人的な想像ですが）鍋料理のルーツは一つなのか、それとも多発的に世界各地で発生したのか。

美酒鍋との出会い——俺は、新たな鍋の世界に足を踏み入れつつ、鍋の多様性に目が眩《くら》むような思いを味わった。


帰りの広島空港で、搭乗までちょっと時間があったので、ついレストラン街に駆けこんでお好み焼きを頼んじゃいました。美酒鍋、美味かったのだが、何しろ量が上品だった。広島市の中心部で食べる方がずっと安いが、この空港で出張帰りにお好み焼き、というのも定番ですよね。ここぞとばかりに食べていくサラリーマンの姿が目立った。

広島のお好み焼きというと、とにかくボリュームたっぷりのイメージが強いのだが、実は小麦粉はほんの少し、キャベツなどの野菜がたっぷり入っているので、むしろ非常にヘルシーな料理である（中華麺やうどんが入るので、カロリー的にはやや危険ではあるが）。栄養バランス的には完全食と言っていいだろう。そして、作る手さばきの見事さも味のうち。できあがってみると、あれだけ大量の材料はどこに行ってしまったのか、と思えるほどコンパクトになる。一種のマジックですよね。もちろん、東京のお好み焼きなどよりはずっと大きいのだが。

広島のお好み焼きは、実は蒸されたキャベツが主役ではないかと思う。この「蒸し焼き状態のキャベツ」は、それだけでも料理として成立しますよね。辛子醤油で食べると絶対美味いぞ。

毎回同じでは面白くないので、今回はネギを大量トッピングして、和風の味わいにして食べてみた。これもまたさっぱりして美味い。おたふくソースの仕上げで、完璧に安心の味。広島を去る間際になって「ああ、広島に来たな」と実感するのもいかがなものかと思うが。

日本各地に独特のお好み焼きはあるものの、俺にとっては広島がベストの味である。何故か昔から東京にも進出していて、学生時代から食べて馴染んでいた記憶がある。広島で食べるのに比べると、えらくお高いんですけどね。

そういえば以前、やはり広島出張の帰りに、文藝春秋のIとこの店に入ったのを思い出した。昼間、瀬戸内の島で食べたアナゴ丼が不味かったと不機嫌だったIは、ここで鉄板焼きを二人分食べて、ようやく機嫌を直したのだった……。

メシは人を不幸にも幸福にもする。この日の料理は俺を幸福の方に転ばせた。昼には上品な新しい味、夜にはボリュームたっぷりのお好み焼き――ああ、満足、満足。ついでに腹が割れそうなほど満腹。また食べ過ぎた。

広島といえば
やはり
お好み焼き!!
作る手さばきも
お見事だ。
蒸し焼き状態の
キャベツがたっぷり!!

第7回

高崎

ソースカツ丼&焼きまんじゅう

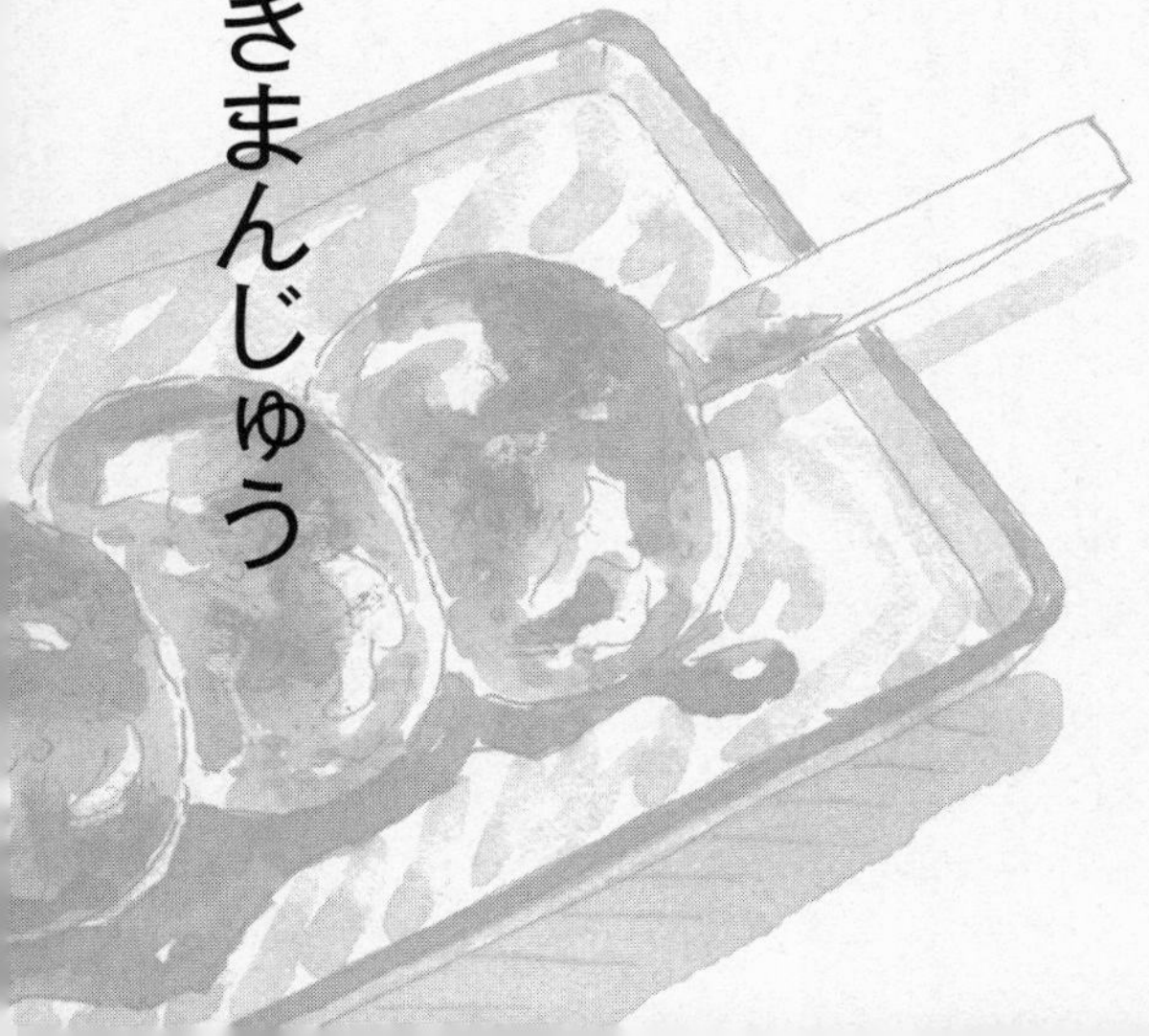

人間ドックが終わった。毎度のことでよくない数値もあったのだが、取り敢えずは解放された——さて、何を食べようか。

病院を出た瞬間にまず頭に浮かんだのは、トンカツだった。人間ドック前にはしばらく揚げ物を避けていたので、油に対する欲求が限界まで膨れ上がったのだろう。実際、毎年人間ドックの後で必ず食べたくなるのはトンカツなのだ。

しかし、ただトンカツを食べるだけでは能がないな……ふと、カツ丼が頭に浮かんだ。しかし検査結果があまりよくないとあっては、やはり「揚げ物＋卵」の組み合わせは気が引ける（コレステロール値が高かったんですよ）。

だったら卵抜きのカツ丼はどうだろう。つまり、「ソースカツ丼」だ。普通のカツ丼に使う卵は一個か二個か……卵のLサイズは一個約百キロカロリーだから、卵を抜けばその分カロリーも減るし、コレステロール対策にもなるわけだ。気休めかもしれないが、よし、ソースカツ丼に決定。

ただし、東京ではソースカツ丼を食べさせる店はそれほど多くない。全国各地に、特色のあるソースカツ丼があるのだが……その中で比較的近いのは群馬県だ。というわけで、担当・Iと高崎《たかさき》で待ち合わせ、俺は一人で東京から車を走らせた。アクセルを床まで踏みこまないよう、理性との戦いだったことは言うまでもない。そう、カツ丼には男の鼻息を荒くさせる何かがある。何かって、要するに肉と油と米ですけどね。

途中渋滞して、東京から二時間半。高崎は初めてだったかな、と思っていたが、駅前の光景に見覚えがあった。そうそう、以前、野球のBCリーグの試合を観《み》に来たのだった。地方都市特有の光景——車はやたら走っているのだが、人は少ない。しかし、県庁所在地である前橋《まえばし》に比べれば街の規模も大きく、活気はある。いや、別に前橋をディってるわけではないですけどね。素直な観察の結果です。

Iが見つけてきた目当ての店は、JR高崎駅から歩いて十分ほどの住宅街にあった。建物は二階建て。外には植え込みが生い茂り、渋い蕎麦屋のような店構えだ。しかし近づくと、揚げ物のいい香りが鼻をくすぐる。

中はテーブル席と小上がりの席に分かれていて、いかにも昔の定食屋の雰囲気だった。最近、東京ではこういう店は見なくなったな……テーブル席について、素早くメニューをチェック。納豆定食やオムレツ定食もあるので、基本はやはり定食屋ということのようだが、圧倒的に多いのは揚げ物メニューだ。

問題のカツ丼は、種類が細かく分かれている。定番のソースカツ丼の他にカツ丼、ヒレカツ丼、ヒレソースカツ丼。カツ丼とヒレカツ丼は卵でとじたものだった。ここは初志貫徹でソースカツ丼（これはロース）を選ぶ。Iはヒレソースカツ丼。

お店の人に「高崎では、カツ丼というとソースカツ丼が普通なんですか？」と聞いたら、「うちではね」と返された。一応「卵でとじてある」カツ丼も一般的に食べられているようだ。もっとも、街中を走っている時に、蕎麦屋でも「ソースカツ丼」の幟《のぼり》を見かけたぐらいで、売りになっているのは間違いない。

丼物はファストフードのイメージもあるのだが、今回は結構待たされた。揚げおきにソースをかけて作るわけではなく、最初から揚げているな……期待が高まる。十分後に出てきたソースカツ丼は「威容」という形容詞を奉るのに相応しい顔立ちだった。秋山さん、イラストに「ドーン」という擬音をお願いします。

直径十センチ強のロースカツが三枚。厚みも一センチほどあるので、その存在感は強烈だ。丼飯の上で互いに支え合うように盛りつけられた「タワー形」のルックスは、トンカツの名店、新宿・王《おう》ろじの「とん丼」を彷彿させる。とん丼といっても、実際はカツカレー丼なんですけどね。

さてさて、観賞会が終わったところで、まずはカツを一口。衣は結構粗い系だが、箸で持ち上げた途端にポロポロ零れ落ちるほどではない。俺の一番好みのタイプだ。それにしてもやはりかなりのサイズと重さで、子どもだったら箸がねじれて取り落としかね

厚くてでっかいトンカツがそびえ立つ!!
ドーン!!
ソースカツ丼

ない。

すごくしっかりしたカツだ。厚みも十分、肉の頼もしい歯ごたえもよろしい。日本では、「柔らかい」を肉の評価としてよしとする風潮があるけど、トンカツはある程度歯ごたえがある方がいいよね。しかしこのカツは、嚙み切るのに苦労するほどではない……ということは、かなり上質な豚肉と見た。ソースは少し甘みがあるタイプだが、ご飯にかかっている分は、甘みよりも酸味が勝る……これは、トンカツ用とご飯用でソースを変えているな。なかなか芸が細かい。

味噌汁は野菜の具だくさんで、ひたすらカツとご飯を食べ進めていく罪悪感を少しだけ薄めてくれる。

三枚あるカツのうち一枚を、Iと交換して食べてみた。こちらは少し柔らかめの優しいヒレの味。しかし俺は、やっぱりロースだな。ほどほどの脂身こそが、豚肉の最大の魅力だと思う。それにしても、箸が止まらない。カツと米、要素は二つしかないのに——いや、このシンプルさこそが、男らしくていいじゃないか。ある意味、お子様舌と言えるかもしれないが。

食後に選べるドリンクは、コーヒーか、何故か牛乳。栄養とってちょうだいね、の心遣いが嬉《うれ》しい。口中の油を洗い流したかったのでコーヒーにしましたが。

ソースカツ丼八百七十円。ヒレソースカツ丼九百八十円。気楽な丼物として、この値段が高いか安いかは微妙なところだが、カツの味、それに満腹具合を考えればコストパフォーマンスは抜群と言っていい。というより、サービス過剰ではないだろうか。他のお客さんが頼んでいたミックスフライ定食（千三百円）らしきものを見た瞬間には、その巨大さに戦慄すら覚えたほどである。

油の海で溺れるよ。

話、変わります。カツ丼を男らしい食べ物と書いたが、女性はカツ丼を食べないのか？

その議論が噴出したのは、二〇一七年の忘年会だった。遅れて（既にご機嫌になって）到着した某社の編集者が、突然カツ丼に関して熱弁をふるい始めたのだ。まあ、そういう主張をしたくなるのは分かる。カツと卵、甘辛い醬油味が織りなすコンビネーションは、完璧な男のパワーフードという感じだから。

ところがその席で、講談社のＳ（女性）が「カツ丼を食べたことがない」と言い出して、場が一気に騒然とした。いや、カツ丼ですよ？　日本で生まれ育った人間なら、好き嫌いはともかく、一度や二度は食べたことがあるはずだ。

しかしよりによって、その場に同席していた家人まで「食べたことがない」と言い出した。

「いやいや、一度は食べたよ」俺は指摘した。「美味そうなカツがあったんで、買って帰って家で作った」

「じゃあ、『外で食べたことがない』が正解ね」

そんなものか？　これを読んでいる女性読者の方はどうでしょう？


この店のカツ丼を食べて、懐かしの新潟の「タレかつ丼」を思い出した。あれを初めて食べた時の衝撃は、今も忘れられない。

新潟で仕事を始めたばかりの三十年以上前、勤め先で蕎麦屋から出前を取った。「カツ丼」。慣れない仕事と暮らしで疲れていたので、とにかく手っ取り早く栄養とカロリーを補給しようとして頭に浮かんだのがこいつだった。

で、三十分後に蓋を開けて驚いた。

見えるのは一面のカツ。カツだけ。茶色い世界。

出前の人に「卵でとじてないんですか」と聞いたら、すかさずメニューを指差して「それはカツとじ丼」。別の食べ物だったのか！

とはいえ、せっかく出前で取ったものを交換してもらうわけにはいかない。腹も減っていたし。で、食べてみたわけだが、これがすごかった。いや、すごいという形容詞はおかしいか。あまりにもシンプルな美味さに、目を見開いたまま一気に食べた。

カツ丼といえば、食べた瞬間からがつんとエネルギーがチャージされるパワフルな食べ物なのだが、このタレかつ丼（新潟では「カツ丼」としか言いませんが）は実にさっぱりしていた。肉を揚げてあるのだからさっぱりしているはずはないのだが、いくつかの要因が重なり合ってこんな味わいになるのだった。

まず、カツは薄く切ったヒレ肉が三枚ほど。それでなくても脂分の少ないヒレ肉が薄いせいで、カツ自体にしつこさはほとんどない。

もう一つが、味つけ——醬油味なのだ。甘辛の「辛い」方が勝った感じで、これに粉山椒《こざんしょう》をたっぷりかけて食べると、さながらうな丼のような味わいになる。肉なので、うな丼よりもさらにスタミナ食という感じだが。

ちなみに、カツ丼ではなくトンカツを食べる時に、何をかけますか？　どろっとして甘みの勝ったトンカツソースが一番多いような気がするが、昔ながらのウスターソースを愛用する人も多いだろうし、「いい肉ならば岩塩で」とこだわりを持つ人もいるだろう。

醬油はどうか。

実は俺は、トンカツを食べる時にはウスターソース、塩、醬油の全てを使う。もちろん混ぜ合わせるわけではなく、六切れあれば二切れずつ味つけを変えるのだ。醬油の場合は辛子を溶かしこんでしまい、控えめに使う。これが一番、トンカツ特有の油臭さを殺し、逆に脂の甘みを生かしてくれる感じがするのだが、醤油派はマイノリティではないだろうか。

タレかつ丼は、マイノリティであるはずの醤油ベースの味つけに徹して、和風の味わいを作り出しているわけだ。「とじない」カツ丼のほとんどが洋風のソースを使って味つけをするのに対し、タレかつ丼は異端の存在と言っていいだろう。取り敢えず、世にはこんなカツ丼もあるのだと紹介したくて詳しく書きました。

ちなみに今は、東京にも専門店があるので気楽に楽しめる。ま、歳も歳だし人間ドックの数値も気になるから、そんなに頻繁には食べませんけどね。

最初に「全国各地に、特色のあるソースカツ丼がある」と書いた。

会津若松のソースカツ丼はやたら巨大なカツを載せてくるので、半分は持ち帰りにするのがデフォルトだ。岡山では、ドミグラスソースをかけたカツ丼がある。そして食の魔境（失礼）名古屋では、味噌カツをそのまま丼飯に載せた「味噌カツ丼」が有名だ。

こういうカツ丼では、カツだけを載せるか、キャベツなども一緒に載せるかも大事なポイントになる。カツとご飯にサンドウィッチされたキャベツは少し蒸されたようになって、これはこれで一種の料理になる。前回、広島のお好み焼きの中のキャベツの話を書いたが、あれと似たものでしょうか。

カツ丼の歴史に関しては諸説あるのだが、早稲田界隈《わせだかいわい》の店で大正時代に生まれた、という説が長らく有力だった。しかし最近は、「明治時代に山梨で既に食べられていた」という説が紹介されている。

現在でも甲府《こうふ》には、明治時代のままというカツ丼を出す店があるようだが、写真を見ると、単なる「トンカツ定食の丼載せ」である。カツもキャベツもポテトサラダも全部一緒に丼飯に載せてしまい、自分でソースをかけて味を塩梅《あんばい》しながら食べる。「それはカツ丼なのか」という疑問の声も聞こえてきそうだが、ソースが飯に染みこむことで、「トンカツ定食」とは別の味わいになる……ということか。

考えてみれば丼物というのは、全て「タレが染みた飯」が肝要だ。特に親子丼や玉子丼などはボリュームがないので、いかに飯にタレが染みこんでいるかが、快適に食べ続けていくためのポイントになる。高崎のソースカツ丼だって、ソースが染みた飯は最高に美味かった。

せっかくだから、という言葉には危険な匂いを感じる。

旅先で「せっかくこんなところまで来たんだからあれもこれも食べていこう」と無理して、後で膨満感に悩まされたことが何度あったか。もったいない精神がマイナス方向に働いた感じですね。

しかしここはやはり「せっかくだから」、今まで食べたことのない群馬県の名物、焼きまんじゅうにチャレンジすることにする。Ｉはカツ丼で既に気息奄々《きそくえんえん》の様子だったが、無理矢理店に連れていった。辿り着いたのは、駅のすぐ近くにある、駄菓子屋のような店。焼いたまんじゅうは、店内で食べられるようだ。

すぐに、香ばしい香りが漂ってくる。焼くところを見ていると、焼き鳥そのままという感じ。炙《あぶ》りながらタレを塗り、ひっくり返してまたタレを塗り……五分ほど待ってから出てきた焼きまんじゅうは、実に巨大だった。直径七、八センチのまんじゅうが、四つも串に刺さっている。うまい具合に焦げ目がつき、とろりとしたタレがかかって照りが出たビジュアルは実に美しい。茶色い宝石だ。

思い切って、一個丸ごと口に入れてみた。これが絶妙なサイズで、頑張ればすっぽり入ってしまう。食べ物は口一杯に頬張った方が味が分かる、というのは俺の持論なのだが……それに従えば、この食べ方が正しいはずだ。

まず舌に絡みつくのは、はっきりとした味噌の味だ。タレは緩めた味噌で、それに結構きつく砂糖を効かせている。典型的な甘辛い味で、こいつを嫌いな人はまずいないだろう。そして何より焦げ目がすばらしい。香ばしさが口の中に広がり、ともすれば重くなりがちな味噌の味を消してくれるのだ。

ちなみにこのまんじゅう、中身はない。普通のまんじゅうの皮の部分だけというか、

焼きまんじゅう
砂糖が効いた味噌味♪
焦げ目がたまらない〜
直径7〜8cm
のまんじゅう
ふんわり
もっちり!!
中身はなし。
花捲のような生地だけ

中華料理の花捲《ホアジュアン》（中華風パン）を思い出してもらえばいいだろうか。ただしまんじゅうの皮より厚い（厚さは一センチほど）分、嚙みごたえはしっかりある。「ふかふか」と「もっちり」の中間ぐらいの独特な食感は初体験かもしれない。

いずれにせよ見た目よりはずっと軽く、四つはやばいかなと思ったのだが、あっさり食べきってしまった。カツ丼を辛うじて完食したIは四苦八苦していたが……誠に申し訳ないことをした。ちなみに「餡《あん》入り」もあるそうだが、今日の腹具合だとそれはさすがに無理だった。しかし、いつか挑戦しよう。

店の人にちょっと話を聞くと、「群馬は小麦粉の産地だから」「一人で二、三本食べる人もいる」「五平餅とは違うからね」と立て板に水の説明が返ってきた。ふと壁を見ると、芸能人のサインや写真がベタベタ貼ってある。はは あ、高崎で食べ物ロケをする時には定番の店ということか……説明がやけに流暢《りゅうちょう》なのも当然だ。

焼きまんじゅう二串を買いに来た人とお店の人の会話をぼんやりと聞きながら、まんじゅうの濃厚な味わいをお茶で洗い流す。このお茶は「店内の冷蔵庫から勝手に取って下さい」の缶入り。駄菓子屋みたいだ。

初めて食べるのに、何故か懐かしい味……子どもの頃に、おやつでしょっちゅう食べていたような……。

ああ、これは、学校帰りに買い食いした時のあの気分ですね。一串百六十円の焼きまんじゅうは、子どもの財布にも痛くはないだろう。焼きたてを頬張って小腹を満たし、お茶を飲みながら、友だちとだらだらとお喋《しゃべ》りをする——悪くないよなあ。そうか、こういう雰囲気も、ノスタルジーを呼び起こす要因なのだろう。

そういえば先ほどのソースカツ丼の店もこの焼きまんじゅうの店も、いかにも地元の人御用達だった。観光客がわざわざ食べに来るような店ではないところがいい。まるで、にわかに自分が高崎の街に溶けこんでしまったような……この街で少年時代を過ごしていたらどうだっただろう、とふと考える。何だかいいね。

帰りの車の中では強烈な膨満感に苦しみ、この日の夕飯は普段より一時間遅れになったのだが。

第8回

ヘルシンキ

カラクッコ

憧れは実像を美化する。

「期待補正」とでも言うべきだろうか。長年憧れ続けた物（人）は、実際よりもはるかに美しいイメージに昇華する。

本当にそうかね？

二十年ほど前だろうか、玉村豊男《たまむらとよお》さんのエッセイ（『食客旅行』中公文庫）で、奇妙な食べ物の話を読んだ。その名は「カラクッコ」。フィンランドの郷土料理で、元々は長く山に入って活動する猟師らが、保存食として食べていたものだという。

玉村さんはまずその大きさ（「赤ん坊のアタマをふたつくっつけたくらい」）に驚き、強烈な塩味に驚き。毎日少しずつ食べて、ようやく完食したのは一週間後とか。保存性のよさから「フィンランドの焼きおにぎり」というのが玉村さんの結論だった。

そんな風に形容されると、猛烈に気になりますよね？　それが食いしん坊の性というものです。

玉村さんも、本で読んでこの食べ物を知ったそうだが、俺は玉村さんの本でカラクッコに囚《とら》われた。いわば記憶の連鎖。何とかして食べてみたい……。

以来長く、俺の中では幻の食べ物であったのだが、夏の終わりにたまたまフィンランドの首都・ヘルシンキを訪れる用事ができた。千載一遇のチャンスとはまさにこのこと、ここで初対面を果たさずにいられようか。

カラクッコ、カラクッコ、カラクッコと念仏のように唱えながら、俺は機上の人になった。

カラクッコについて、玉村さんは、首都・ヘルシンキではなく、もっと北にあるサヴォンリンナ地方の名物と書いていたが、ネットで調べてみると「普通にヘルシンキのスーパーでも売っている」という情報があった。スーパーねえ……フィンランドでは「Sマーケット」と「Kスーパーマーケット」というのが二大チェーンらしく、ヘルシンキではそれこそブロックごとに見かける。で、その度に寄ってみたのだが、一向に見つからない。弱り果てて、別件の取材でつき合ってくれたガイドさんに聞いてみると、「ヘルシンキだったら、スーパーではなく市場にあるのでは」とのこと。しかし彼女曰《いわ》く「私はあまり好きではない」「食べている人はあまりいない」……どういうことだ?

俺たちはずっとヘルシンキに滞在していたのだが、この街にはいくつかの市場というか「朝市」がある。朝市といいながら、午後半ばぐらいまでは店を開いているのが特徴だ。野外にテントを張っていかにも朝市らしい風情を醸し出しているのだが、近くには建物もあって、中に常設の店が入っている。冬は外で店開きできないから、そのための対策なんでしょうね。そんな市場の一つを訪れて探してみると……あった。魚屋というか惣菜屋のディスプレーの片隅（本当に片隅）に、いくつかまとまって置かれているではないか。

初めて現物を目にして、正直ぎょっとした。玉村さんが書いていた「赤ん坊のアタマふたつ」大のもの、それを半分に割ったもの、さらに小さなもの（二百グラム）の三種類。その中で、割ったものが何とも言えないビジュアルだったのだ。中に小魚が大量に入っているのだが、それが綺麗に切断されてびっしりと詰まっている。何となく、土管にうなぎやアナゴが大量に詰まって動けなくなっている様を想像してしまった。

元担当編集者のK（女性）は「丸くて小さいものが大量にあると怖い」とよく言っていた。イクラや数の子などがその対象で、こういうのを「トライポフォビア」（集合体恐怖症）と呼ぶらしい。半分に切ったカラクッコは、彼女が見たら気絶する恐れがあるビジュアルだった。

熟慮の末、二百グラムのものをチョイス。フィンランド滞在の時間は限られているから、赤ん坊の頭ふたつ大のものは絶対に持て余してしまうだろう。半分でもきつそうだ。

店の兄ちゃんに「これはカラクッコだね？」と念押しすると、彼は「イエス」とうなずいた後で、微妙な表情を浮かべた。さながら「何でわざわざそんなものを買うんだ？」とでも言いたげな……おいおい、これ、ちゃんとした売り物だろう？

カラクッコ二百グラム、九・五ユーロ。日本円で千円以上かと考えると、何だか高い感じがする。持ってみると、何故か二百グラム以上あるようなずっしり感が掌《てのひら》に伝わった。

どこで食べるかという話になって、同行していた文春・Tが「猟師メシを食べるなら、自然が豊かなところでしょう」と提案して、世界遺産の海上要塞・スオメンリンナへ連れていってくれた。

「だけど、おかしくないですか？」

「何が？」

「何であんな隅っこで売ってたんでしょうね。名物なのに、まるで買わないでくれと言わんばかりじゃないですか」

「食べる人はそんなにいないけど、地元名物だから置かざるを得ないとか？　名物ってそんなものだろう」あれこれ推測を話しながら、昨日のガイドさんの話を思い出していた。

「食べている人はあまりいない」

おいおい……嫌な予感が膨らむ。

スオメンリンナ島は、元々海上要塞として開発されたが、一九七三年に駐屯部隊は撤収、以降は普通に人が住んでいる。しかし要塞時代の遺構はそのままで、世界遺産の観光名所にもなっている。そのせいか、やたらとカフェやレストランが多い。建設が始まったのは十八世紀半ばで、おそらくその頃のヘルシンキの街並みもこんな感じだったのだろう。船で渡り、島の中を散々歩き回って疲れた後、ベンチに腰かけて（森の中というわけにはいかないが、一応アウトドアということでよしとする）いよいよカラクッコとご対面。

長さ十五センチほどのラグビーボール形の物体が、アルミフォイルで入念に包まれている。開けてみると、出てきたのは綺麗な茶色に焼きあがったパンである。つついてみるとかなり硬いものの、弾力も感じられる。そう、ヨーロッパで好まれる黒パンのような感触だ。

ではでは……と綺麗に二つに割ろうとしたら上手くいかない。パンが予想よりも硬いせいか、変なところで割れてしまった。そして中から顔を出したのは、しっかりヒレも尻尾もついた小魚。ワカサギによく似ているが、これはフィンランドの地の魚だという。それが白い脂まみれになって、まったくもって何とも言えないビジュアルだ。

恐る恐る一口——味が薄い。魚の味はしっかり感じられるのだが、いかんせん、塩気が足りない。というより、まったくない。食感も変わっている。パン生地に包んで蒸し焼きにされたせいかもしれないが、何となく生っぽい感じがするのだ。魚の食感の他に、

堂場さんが長年思い焦がれた
カラクッコ だったが……
小魚がぎっしり!! 詰まっていて インパクトのある
ビジュアル。
しっかりした黒パン。
かすかな酸味と甘み♪
間には豚の脂が
こってりと!!

ニチャニチャとした柔らかい感触……この部分が豚の脂だろう。パンそのものはまさにしっかりした黒パンの味で、かすかな酸味と甘みがいい風味を出している。

フィンランド政府観光局のウェブサイトによると、このカラクッコ、主にニシンに似た淡水魚「ムイック」をパン生地で包んで焼き上げたものだ。玉村さんのコラム、及び俺が実際に食べた経験によると、一緒に豚肉も入っている。豚の脂のおかげで、長期保存できる、という生活の知恵だろう。いかにも素朴な作り方、北欧の郷土料理という感じだ。

とはいえ……うーん、やはり味がない。魚の香り、そして豚肉の脂の食感がしつこく舌にまとわりついて、だんだん辛《つら》くなってきた。パン部分はよく知った味で、そこを食べている時だけはほっとしたぐらいである。

「これは……」半分を任せたTの顔が、すぐに暗くなる。「腹が減っている時だったら一気に食べられるかもしれませんけど、今はきついですね」

そう、実は我々、この少し前に、日本でも人気のブランド「マリメッコ」本社の社員食堂で、早めの昼飯を済ませてきたのである。話のタネです（この社員食堂、誰でも自由に入れる。ランチビュッフェで十一ユーロ）。朝から既に一万数千歩を歩いてエネルギーは十分消費していたのだが、さすがにカラクッコを入れる余裕は胃になかった。

「これ、昔はずっと塩辛かったのかもしれないな。本当の保存食だったら、塩気を効かせてもっと長期保存できるようにしたはずだ」俺は推理した。

何日も山に籠もる猟師や木こりが、仕事の合間に急いで食事するための保存食、あるいは行動食。俺は何となく、長野名物「おやき」を想像した。というより、おやきの味が懐かしくなった。あれは素朴に美味いよね。個人的には、特にナスが好きです。

最後は涙目で、オレンジジュースの助けを借りて食べきった。何となく「負けた」感が強い。積年の謎は解けたが、味については……そういえば、一言も「美味い」と書かなかったですね。消えゆく素朴な味を堪能した、とだけ言っておこう。あまりにも期待が大き過ぎたのかもしれない——やっぱり期待補正はあるのだろう。

「まさかカラクッコで終わりじゃないでしょうね」Tが疑念を口にした。

「確かに、これだけがフィンランドの名物ってわけじゃないよな。となると——」

「やっぱり、トナカイでしょうねえ」

フィンランドでは、トナカイはかなり高級な食材である。スーパーで見たら、牛肉などよりずっと高い。こいつを食べるとしたら、ちゃんとした店がいいだろう。調べてみると、北部のラップランド料理を売り物にするレストランがヘルシンキ市内にあった。

ラップランドは、スカンジナビア半島北部地域を指す。本来はサーミ人が住む地域で、国に関係なく独特の文化を持っている。フィンランドの場合は北部「ラッピ県」がラップランドの領域だ。「サンタクロースの村」で有名なロヴァニエミがある県ですね。「いかにも北欧のトナカイ料理」を楽しむには、こういう店がいいだろう。

訪れた店の店内は、北国の丸太小屋という感じ。もちろん演出なのだが、これがなかなかいい雰囲気である。店は満員で、やはりこういう味にはしっかりニーズがあるのが分かった。日本語メニューもあったから、観光客向けの店でもあるようだ。

できるだけ独特のものを、ということで、前菜にはフィンランド名物が並んだ盛り合わせを頼んだ。トナカイはカルパッチョとジャーキーで登場し、内臓系の香りが感じられる、なかなか手強《てごわ》い味わいである。

で、メーンはトナカイのヒレ肉のソテーにした。こってりした赤茶色のソースのベースはクランベリー。北欧では、肉料理によくベリー類を合わせるが、その流れだろう。ヒレ肉そのものは、かなりレアな状態で供される。念のため小さく切って、まずはソースをつけずに口に入れてみると、かなりしっかりした噛みごたえである。脂肪分はほとんど感じられず、よく運動している動物に特有の歯ごたえのある赤身だった。こういう硬めの肉は好きなので、思わず顔がほころんだ。そして最後に、やはりやってくる内臓臭……どうもこの癖のある味が、トナカイの特徴らしい。内臓系が苦手な人にはちょっと辛いかもしれないが、俺は美味しくいただいた。クランベリーのソースは、甘口ワインの「マデラ酒」で作ったフランス料理のソースに味わいが似ているが、色も含めてはるかに濃厚だ。このソースを肉にたっぷり絡めると、俄然味わいが深くなる。野趣溢れる味、とはこういうものですな。

勝手に想像すると、昔はトナカイの肉を焚き火《たび》で炙ってローストにし（丸焼きではないだろうが）、野外で宴会でもしていたかもしれない。それを極めて洗練させると、こういう料理になるのではないだろうか。

ちなみに日本でも、スウェーデン料理の店などでトナカイ肉を食べさせるところがあるようだ。日本人の口に合う味かどうかは……好みが分かれるとしか言いようがない。

ところが、トナカイはこれで終わりではなかった。

翌日、またも朝市（先日の朝市とは別の場所）に行って、軽く昼食でも食べよう、という話になった。

そこでホットドッグを発見した――トナカイのホットドッグだ。

北欧の人は概してソーセージ好きということで、軽食としてホットドッグも人気らしい。昨夜のトナカイのソテーを思い出し、さらに加工されたソーセージはどんなものだろうと試してみることにした。

ソーセージはそれほど太くないが長く、パンから大きくはみ出している。というより、パンの長さがソーセージの半分ほどしかない。味つけはケチャップにマスタード、玉ねぎとピクルスのみじん切りという定番で、見た目はアメリカや日本で食べるホットドッグと変わりはない。アメリカの球場で食べるホットドッグだったら、もっと大量にピクルスを入れるところだが（だいたい入れ放題）。

はみ出しているソーセージを一口食べて、Tと声を合わせて「美味い！」と叫んでしまった。

何というか、塩加減が絶妙なのだ。正直これまで、フィンランドで食べた料理はどれも塩気が足りなかった。北国故、濃い味つけになりそうなのに、よく言えば健康的な薄味、悪く言えば茫洋《ぼうよう》とした味だったのが、急にがつんと分かりやすい塩味がきた感じである。トナカイ独特の癖はまったくない、最上級の美味いソーセージだった。ついでにパンも美味かった。ホットドッグの本場・アメリカでは、だいたいふわふわしたパンで頼りないのだが、しっかりと嚙みごたえがあっていいね。

ホットドッグ、六・五ユーロ。最後の最後で「美味かった」と言えて、いい旅でした。

この後俺は、「サルミアッキを土産にしたい」というTを必死に止めた。

北欧に旅行した人ならご存じだろうが、サルミアッキはリコリス（甘草）をベースにした黒いキャンディである。リコリスに塩化アンモニウムを混ぜて作ったもので、塩気と強烈な臭気が特徴だ。

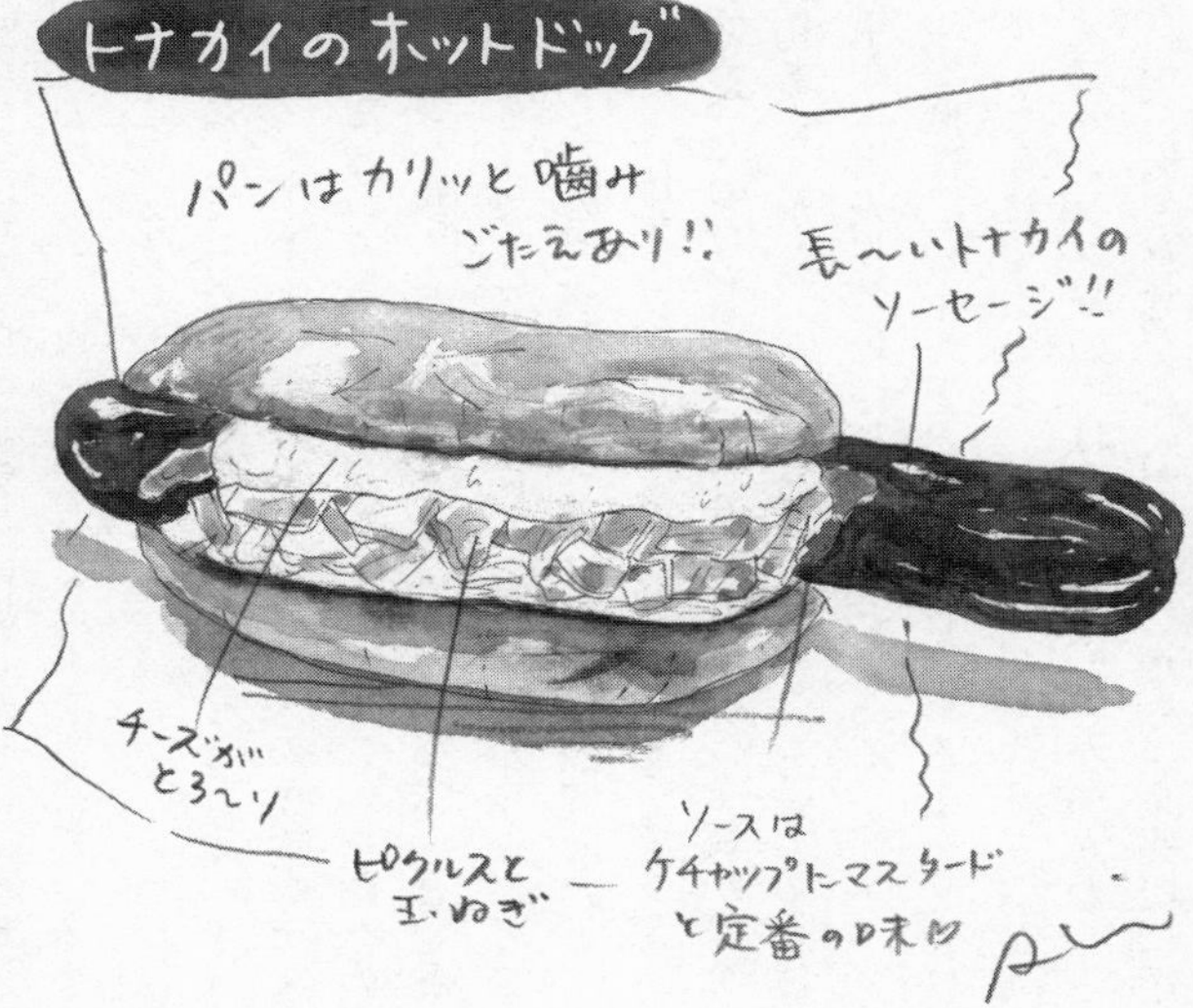
トナカイのホットドッグ
パンはカリッと噛みごたえあり!!
長〜いトナカイのソーセージ!!
チーズがとろ〜り
ピクルスと玉ねぎ
ソースはケチャップとマスタードと定番の味♡

何故止めたかというと、以前スウェーデンに旅した時に、現地でリコリスのグミを味わっていたからだ。このグミも、塩気、そしてゴムを舐《な》めているような独特の味が特徴だった。超癖のある都《みやこ》こんぶという感じかな。

どうしてリコリスを試してみたかというと、大好きな作家、デイヴィッド・ハンドラーのシリーズ物主人公・ホーギーの大好物がリコリスのキャンディで、その話をすると周りの人が変な顔をするというシーンが、ルーティーン・ギャグのように出てきて気になっていたのだ。どうやら多くのアメリカ人にも「変な味」と認識されているらしい。そう書かれると気になる（カラクッコと同じですね）——ということで、スウェーデンを旅した時に入手に及んだのだが、まあ、とにかく強烈でした。

「日本人で食べられる人は十人に一人」と言われているそうで（統計の根拠は何だろう?）、俺は何とか食べたのだが、食べさせた人はほぼ全員が顔をしかめた。帰国して、あるパーティで配りまくったら（家に置いておけないので在庫処分したわけです）、そのパーティには翌年から出入り禁止になったほどである。

ということもあって俺は、サルミアッキを探し求めるTを必死に止めたのだ。ところがこのサルミアッキ、どこにでもある。スーパーでもキオスクでも、一番目立つところに置いてあるのだ。フィンランドの人はそんなに好きなのかね……まあ、リコリスは体にもいいようなのだが、俺の感覚だと薬だよ。しかも「良薬口に超苦し」という感じ。

結局何とか思いとどまらせたが、Tはどこか不満げだった。いやいや、助けてやったんだぞ。少なくとも、会社で糞甕を買うことはなかったから、いいじゃないか。食い物の恨みは怖いんだぞお。

第9回
吉祥寺
ステーキ

何か変だ。

この企画の趣旨は本来、B級料理を食べることではない。しかし思い返してみると、ここまで食べてきたのは「値段的」にはB級ばかりだった。一番高かったのは、たぶん初回の福島の円盤餃子。ベルギーで食べたフリットは、ソースこみで四ユーロだから、五百円ぐらいである。群馬の焼きまんじゅうに至っては、一串百六十円ですよ。平均すると、一回当たり千円ほどか。

うーむ……狙いは「食べるためには距離を厭《いと》わない」「さっさと食べてさっさと帰る」で、値段の決まりはないのだが。

ちょっと遠慮がちに、担当・Iに切り出してみた。

「あのね、小説すばる編集部は、予算的に苦しいのかね」

「いや、そんなことはないですけど」Iが怪訝そうな表情で答える。

「ということは、弾丸メシでも高いものを食べてもよろしい、ということだね？」

「別に、値段の制限はないですよ」

「B級グルメに特化したわけでもない？」

「もちろんです」

これで予算的にはお墨付きを得た。となると、ステーキだな。俺たちの世代は、「贅沢な食べ物」というとすぐにステーキを思い浮かべてしまうのです。

関東地方で育った俺たち世代の人間にとって、牛肉はやはり「高級品」だった（今でもそうだけど）。子どもの頃の肉といえば、豚肉や鶏肉ばかりだったような記憶がある。関西では、「肉といえば牛肉」と言われているそうなので、同年代でも出身地によって感覚が違うのだろうが……やはり俺の場合、牛肉、しかもステーキとなると、今でも気分が昂《たかぶ》る。いや、荒ぶる。子どもの頃にすりこまれた感覚は消えないものですね。

あれから苦節うん十年、今回はせっかくなので、いい肉を食べよう。集英社の各担当者が集まっての会食ということで話がまとまった。しかし、どこにしよう？　大人数だから、今回は都内だな……そこではたと思いついた。

いいことがあった時にだけ行くステーキ屋が、吉祥寺《きちじょうじ》にある。クラシカルな雰囲気もお気に入りだ。よし、ここにしよう。

これで最高価格更新は間違いなしだ。ただし今度は、交通費が過去最低で二百円である（井《い》の頭《かしら》線で仕事場のある渋谷から吉祥寺まで。ＰＡＳＭＯ使用だから正確には百九十五円）。世の中、何だかんだでバランスが取れている。というわけで、今回は弾丸ムード、皆無である。何しろ井の頭線に乗っている時間は、二十分弱なのだ。

その店「葡萄屋《ぶどうや》」は、何とも渋い店構えで、若々しく洒落《しゃれ》た吉祥寺の街中で異彩を放っている。レンガ張りのビルの入り口には大きな木が一本。樹勢は盛んで、そこだけ鬱《うっ》蒼《そう》とした森の中、という感じさえある。ビル一棟が丸々「葡萄屋」だが、フロアによって出す料理が違う。地下二階がしゃぶしゃぶとすき焼き、地下一階がバーラウンジ、一階がコーヒーショップでステーキは二階だ。最上階の三階は焼肉の店になっている。いかにも昭和の贅を尽くした感じの造りで、実際、創業は昭和五十八年だそうだ。店に入ってクロークにコートを預けるのもまた、高級感に拍車をかける。

実はこの店は、以前吉祥寺を舞台にした小説に登場させている。小説そのものは吉祥寺をディスるようなひどい内容だったのだが、お気に入りのこの店だけは、いい感じで書いておいた。刑事たちが、ちょっと贅沢に昼食を摂《と》って気合いを入れるシーンだったかな？　この件、お店の人が知っていて、ちょっと気恥ずかしい思いをしました。

さて、問題の二階のステーキハウスである。店の中央で、肉を焼く様も見学させるのが、自信の表れという感じ。普通のテーブル席もあるのだが、今回は八人と大人数なので、個室に通された。その名は「ブルゴーニュ」。入った瞬間、落ち着くわ……ウッディな内装、白いテーブルクロス、椅子は金華山《きんかざん》張《ば》り。壁には何枚もの油絵。ミッド昭和生まれの俺が「高級」とイメージするインテリアで統一されている。若い頃だったらそわそわしてしまっただろうが、五十代も半ばになると、こういうのも「結構だね」と自然に受け入れられるようになるものだ。

この日のコースは、前菜二品、スープ、サラダにメーンの肉。肉は当然、好みのサーロインにした。二百グラムで量もたっぷりだ。

前菜は帆立貝のタルト仕立て（本当は牡蠣なのだが、苦手なので無理言って変えてもらいました。すみません）と鯛のポワレ。鯛のポワレなど前菜の量ではなく、メーンの魚料理としても通じるサイズだ。続くスープはトマトクリームで、これが絶品だった。まったりと穏やかな味なのに、トマトの軽やかな酸味がしっかり生きている。俄然、食欲が刺激された。

サラダを挟んで、いよいよ本日の主役、肉の登場だ。焼く前に見せてもらうと、綺麗に脂が入って、いかにも美味そうだ。一同、「おお」と声を上げてしまうビジュアル。九州の肉ということだったが、果たして佐賀牛か、宮崎牛か。いよいよ焼き上がってきた肉は……ああ、これだよ、これ。ロストルの上で焼かれて、綺麗に格子状の焼き目がついている。ここは炭火を使って焼き上げるので、香ばしさもひとしおだ。まさに、俺が「ステーキ」と聞いて頭に思い浮かべる通りのお姿である。ハンサム、としか言いようがない。厚からず薄からずというのもいい。ステーキは分厚ければいいってもんじゃないですよね。分厚いと、どんどんローストビーフに近づいていくわけだから。

和の香りを感じさせるソース（隠し味は八丁味噌だそうだ）もあるが、まずは何もつけずに一口。

肉の柔らかさ、控えめな塩味、脂の甘み。戦闘意欲を掻《か》き立てられる感じではなく、穏やかな滋味が口中に染み入る。このままでも食べきれそうだったが、途中でソースを参加させると、俄然「おかず力」が増した。さらにマスタードをつけると、今度は味がシャープになる。マスタードの酸味と上品な辛さは、肉の味を引き立てますよね。

ステーキをおかずにというのも贅沢な話だが、ここは何としてもパンではなく白米が欲しくなった。これが、和風のステーキに合うんですね。飯がまた、上手く炊けているので嬉しくなる。美味い肉と美味い米、和食としても完璧な組み合わせじゃないか。

「しかし何だね、こういう風にフォークの背にライスを載せて食べるのって、日本独特のマナーだね」などと話が盛り上がりつつ、食事は進む。つけ合わせは人参にブロッコリー、一個丸ごとのベークドポテト。赤、緑、茶色と色合いも鮮やかで、酒を呑まない俺はペリエで時々口中を洗い流しながら、あっという間に完食してしまった。ほどよい脂のおかげで、いい感じの満腹感である。まさに、子どもの頃に憧れていたステーキそのものだった。

デザートからコーヒーまで、極めて塩梅のいいコースだった。葉巻でもあれば、ゆったりとくゆらせながら、食後の余韻を楽しみたいところである。当然一時間で終わるは

『葡萄屋』の
ハンサムなサーロイン
ステーキ!!
ロストルの上で炭火を使い
丁寧に焼き上げられる
綺麗な格子状
の焼き目!!

ずもなく、「さっさと食べる」という当企画のルールを久々に破ってしまったが、構うものか。それだけの価値があるステーキだった。

コースは一人当たり八千六百円。小説すばる、予算は潤沢なようだ。


子どもの頃は憧れの存在だったステーキも、自分で金を稼ぐようになってからは好きに食べられるようになった。吉祥寺で美味い肉を食べながらふと思い出したのは、仕事を始めたばかりの頃、下北沢《しもきたざわ》にあったステーキ屋である。店内はウェスタン風で個性的だったが、ステーキはごく普通だった。それほど厚くないステーキのつけ合わせは、大量のコーンが定番。これで白米をがしがし食べたものだ……俺にとっては贅沢品の牛肉がそこそこ安く食べられる店だったので重宝していたが、今考えると驚くほど美味くはなかったと思う。食後のコーヒーは鉄製のマグカップで供され、毎回のように唇を火傷していたものだ……値段は確か、千円台。

その後海外へ行くようになると、鬼のようにステーキを探して食べまくるようになった。特にニューヨーク。

「世界でステーキを焼かせたら一番上手い男がいるのはニューヨークとミラノ」らしい。確か、カメラマンの西川治《にしかわおさむ》さんの本でこの説を読んだ記憶があるのだが、ニューヨークは間違いなくステーキの古都だ。古い、それこそ十九世紀から続くような古色蒼然としたステーキ屋が街のあちこちにあり、じっくり熟成させた肉を食べさせる。

一番有名なのが、ブルックリンにある「ピーター・ルーガー」(極めて遺憾ながら未体験)だろう。そこのスタッフが作った「ウルフギャング・ステーキハウス」がホノルルにできた頃に、「熟成肉」が日本人にも知られ始め、その後アメリカの高級ステーキチェーンが続々と日本に上陸して広く食べられるようになった感じだろうか。いずれにせよ、ここ十年ほどのことだと思う。

ちなみに俺がニューヨークで食べて感心したのは、ミッドタウンにある「キーンズ・ステーキハウス」だ。一八八五年創業というとびきり古い店で、天井には無数のパイプが飾ってある。昔は会員制のパイプクラブだったそうで(そういうものがあったんですね)、その名残だという。三百人も入れるという大きな店なのだが、雑なところはなく、料理はどれもアメリカのものにしては丁寧だった。

熟成肉、それも赤身肉の特徴は、脂分はそれほど強くなく、歯ごたえがしっかりしていることだ。噛みごたえがあり、噛めば噛むほど肉汁と旨味が染み出してくる感じ。酒を呑まない俺だが、赤ワインは合うだろうな、とは思う。

この、ある程度の噛みごたえというのは一つのポイントだろう。「世界で一番美味い牛肉が食べられる場所はどこか」をひたすら探求した本『ステーキ！ 世界一の牛肉を探す旅』(マーク・シャツカー著、野口深雪訳、中公文庫)では、日本の肉の評価はイマイチだ。というかほぼ腐していて、ちょっと頭にくる。著者の感覚だと、脂分が強過ぎ、しかも柔らか過ぎるようなのだ。つまり「さし」が入り過ぎているわけですね。確かに、さしがしっかり入った肉は、分厚いステーキにすると少しくどい感じはする。薄切りにしてすき焼きやしゃぶしゃぶにしてこそ、実力を発揮するというわけか。

数年前、初めてフランスに行った時には興味津々だった。何しろフランスの昼食の定番といえば「ステーキ・フリット」である。本場ではどんな風に食べさせるのだろうと心躍らせたものだ。

いわばフランス人の「常食」なので、高級なレストランではなく、比較的安そうなビストロに入ってみた。ヒレ肉のステーキ、つけ合わせはベークドポテトと生野菜……これが、特に美味くなかったんですね。がっちりした歯ごたえはともかく、味つけが雑というか、塩気が足りない。

これでは納得できないと、そのしばらく前に渡仏した友人が見つけて教えてくれたステーキ専門店にも行ってみた。ここはちょっと変わった店で、メニューは前菜代わりのサラダとステーキしかない。注文できるのは飲み物だけで、座れば、黙っていても料理が出てくる潔さだ。

そのステーキとフレンチフライは、半分ずつ供されるのが特徴だ。冷めないように少量ずつ出す、という感じなんでしょうね。ちょっとわんこそば気分で、サービス的にも面白い。

このステーキには、独特のソースがかかっていた。明らかに野菜ベースで緑色なのだが、何味なのか分からない。パセリのようでもあり、バジルのようでもあり、しかし明らかにコリアンダーではない（コリアンダーは少量でも味を決定してしまうよね）。しかしこのソースのおかげで、肉をさっぱりと食べられた。

とはいえ、美味いのはソースであって、肉そのものの味を問われたら、首を捻《ひね》らざるを得ない。「フランス料理は素材の新鮮さでなくソースで食べる料理だ」とよく言われるが、納得して思い切りうなずいた次第である。

葡萄屋に行った翌週、遅い冬休みをとってハワイに行った。前週からの勢いそのまま、またもやステーキである。ハワイにもステーキ屋はたくさんあるのだが、選んだのは例の「ウルフギャング」。ニューヨークの店はシックな内装で「大人の社交場」という感じだが、ワイキキ店は大型テレビでスポーツ中継を流していて、少しカジュアルな雰囲気だ。

この店、日本人に大人気で、感覚的には二百人も入れる広大な店内の八割が日本人客、という感じである。特に夜の時間帯は、日本語しか聞こえないぐらい。当然、日本語メニューも完備です。食べていると、オーナーのウルフギャングさんが挨拶に回ってきて、写真撮影に応じてくれるのも面白いサービスだ。

ここではやはり、名物のTボーンステーキになる。肉をたっぷり食べるために、前菜はサラダのみで胃の調子を整えておく。

Tボーンステーキも、赤身熟成肉と同じように、近年一般的になってきた食べ物だ。T字形の骨の片側にヒレ、片側にサーロインという部位を用いた贅沢なステーキで、肉汁たっぷりのサーロインと柔らかいヒレを同時に楽しめる。俺は基本的にサーロイン派で、ヒレを単独で食べることはほとんどないので、Tボーンステーキはヒレを食べる貴重な機会にもなるわけだ。

ちなみに「近年」と書いたが、戦前にも食べられる店はあったようだ。古川《ふるかわ》ロッパの『昭和日記』(晶文社)の戦前篇《へん》を読んでいると、しばしばTボーンステーキが登場する。ただし狙いは肉そのものというよりも骨。飼い犬の「お土産」にするために骨つき肉を頼んでいたという話で、何だか嫌らしい感じだよね。

閑話休題。「ウルフギャング」はさすがにピーター・ルーガー直系(しつこいがピーター・ルーガーには行っていない)、二十八日間熟成するという肉の準備、焼き加減とも抜群である。サーロインはジューシーな旨味をしっかり感じさせるし、その合間に食べるヒレの柔らかさとさっぱりした味わいがまたいい。サーロインは、葡萄屋で食べたものに比べれば、脂分は控えめな感じだ。

一つ、問題点。肉はセラミックの皿で供されるのだが、高温の油がたっぷりひいてあ

堂場さんお気に入りの
グリーンピースとマウイオニオンの
炒めもの。
セラミックの皿
焼け焦げの跡!!
高温の油
ハワイの『ウルフギャング』Tボーンステーキ!!
二十八日間熟成肉。焼き加減もばっちり。

るため、どんどん焼けていく。ミディアムで頼んでおいても、食べ終える頃にはウェルダンになってしまう感じだ。二人分だと一キロ近くあるので、食べ終えるのに時間もかかるしね。

この店は、肉を頼むと肉しか出てこないので、つけ合わせは別途注文することになる。何度か通ううちに、グリーンピースとマウイオニオンを炒めたものが美味いと気づいたので、最近は常にそれだ。マッシュポテトがまた美味いし、ライスもあるのだが、これを頼むと必ず食べ過ぎになるので、泣く泣くパスしている。肉とグリーンピース、合間にパン。延々と食べ続けていくと、さすがに終盤には飽きてくるものの、何とか完食。食べ終えると毎回、「次は他のものを食べてみよう」と思うのだが、店に入ると結局Tボーンステーキを選んでしまう。美味いんだから、しょうがないよね。

二人前で、ステーキのみで百二十ドルちょっと。いい値段だが、贅沢をしたと考えると決して高くはないだろう。

このところ、血液検査の数値があまりよろしくないので、肉ばかり食べていると医者に怒られるのだが、むしろそろそろ、肉を積極的に食べるべき年齢になってきているのではないだろうか（個人の見解です）。健康な体を作るために、良質なタンパク質は絶対に必要です。

そしてどうせ食べるなら、美味い肉がいいよね。東京で食べて、フランスで食べて、アメリカで食べて……「これが最高」「死ぬ前にもう一度だけ食べたい」という肉になかなか巡り会わないのも面白い。ステーキ探しの旅は、まだまだ続きそうだ。

葡萄屋　二〇二〇年七月閉店

第10回
新潟
爆食ツアー

歳を取るに連れ、昔のことを思い出しがちになるというが、俺に限ってそういうことはない。旧友と会っても昔話はほとんどせず、近況報告に終始するのが常だ。

食べ物に関しても同様である。子どもの頃に食べたものを懐かしく思い出すことは、まずない。自分でも理由は分からないのだが、そもそも何を食べていたかも覚えていないぐらいだ。

しかし、社会に出た直後に四年半を過ごした新潟は例外だ。何故だろう？　自分で金を稼いで、何でも自由に食べられるようになったからかもしれない。何しろ学生時代は質素極まる生活をしていたので、美味いものに金をかけるという発想すらなかったのだ。あるいは、初めて関東地方以外の場所に住んで、新鮮な食文化に触れたからかもしれない。二十代前半、味覚が最終的に固まる時期に散々食べたもの故、印象が強烈だったということもあろう。

これは十分、思い出の味だよね。

という話をI、Nとしているうちに、新潟行きが決まった。味の記憶を一通り辿るのも、連載最終回としては相応しいだろう。とはいえ、今回はやや弾丸感を緩めて一泊。

何故なら、新潟の名物（個人の判断です）を全て食べきるのに、いつもの日帰りでは無理だからだ。綿密な事前調整の上、いつもの一・五倍の分量でお送りします。

何だかんだと用事があって、新潟市には数年に一度のペースで来るのだが、いつまで経っても俺にとっては懐かしい街である。新聞記者として駆け出し時代を送り、仕事の面では辛い記憶しかないのだが、街そのものは好きだった。

一九八〇年代半ば、生まれて初めてこの地に足を踏み入れた瞬間に感じたのは「ずいぶんでかい街だ」ということである。その頃の人口、約七十五万人。人口的にも大きな都市だったのだが、面積も広い。渋滞なしでも、端から端まで車で一時間、というとその大きさが分かっていただけるだろうか。その広々とした街で暮らした歳月は、今の俺に影響を与えている——かもしれない。こういうのは、自分では分からないんですよね。

四月の新潟市は、さすがに雪は消えていたが、風は冷たく、まだコートが必要な陽気だった。JR新潟駅を出ると、事件・事故の現場で散々寒さに震えたことを思い出す。あれ以来、「寒いよりはまし」と、みっともなくても分厚い恰好《かっこう》をするようになった——という昔話はともあれ、食べ歩きスタートだ。

初日のランチは「イタリアン」と決めていた。ジャンルの「イタリアン」ではなく、料理としての「イタリアン」。混乱するかと思いますが、新潟独特のファストフードで

「イタリアン」というものがあるのです。

先に種明かしをすると、これは焼きそばにトマトソースをかけたものである。この話、函館の「ラッキーピエロ」の回にも書きましたね。今回はいよいよ実食です。何と、実に三十年ぶりだ。

これを出すチェーン店は新潟県内に二つあって、今回俺たちは新潟市近辺に多く出店している「みかづき」を選んだ。行き先は「万代店《ばんだいてん》」。

「万代」といっても、新潟県民以外の人には分からないだろう。新潟市内にいくつもある繁華街の一つである。昔から有名なのは、信濃川《しなのがわ》と関屋《せきや》分水路に囲まれた「新潟島」の中にある「古町《ふるまち》」。JRの駅前も賑やかだが、比較的新しい繁華街が「万代シティ」だ。巨大なバスターミナルを中心に、一九七〇年代から開発が進んだ街である。古町が昔ながらの大人の繁華街だとすれば、万代シティは若者向け、という感じですかね。馬鹿でかい商業ビルなどが建ち並び、近代的な光景が広がっている。

「みかづき」万代店は改装中で、バスセンタービルの二階仮店舗で営業中だった。赤い看板が懐かしい……メニューは豊富なのだが、ここは初志貫徹で、オリジナルのトマトソースのイタリアン（三百四十円！）をチョイス。Iはエビチリ（五百十円）、Nはボロニア風（四百四十円）を選ぶ。当企画らしく、またも低価格路線である。

見た目は決して美しくはない。何しろベースは焼きそばなので、茶色い麺の上に真っ赤なトマトソースがどっぷりかかったビジュアルは、B級感満点である。ソースと麺をよく絡めて一口——思わず声を上げて笑ってしまった。記憶にあるのとまったく同じ味、というより、この味が舌にはっきり残っているのが意外だったのだ。

そうそう、これだ、この味だ。何かといえば、当たり前だが焼きそばとトマトソースの味。両方とも主張が強いので、二つの味がしっかり感じられる。混じり合って新しい味が生まれるわけではないのだが、二つの味が喧嘩することもない。こういう食べ物、珍しいよね。焼きそばに交じったモヤシがしゃりしゃりして、いいアクセントになっている。少しだけ添えられた生姜も口直しとして適。

新潟時代、これをいつ食べていたかというと昼時である。取材で市内を動き回っていて時間がない時には、非常に頼りになる存在だったのだ。チェーン店故、あちこちにあったしね。ハンバーガーでは若い胃袋には物足りないし、新潟ではサラリーマンの強い味方・立ち食い蕎麦屋は数が少なかったので、必然的に、このチェーン店に頼る機会が多くなった。だから「イタリアン」は、忙しかった若い頃の記憶と密接に結びついている。

警察小説を書いていると、刑事たちにカレーや立ち食い蕎麦を食べさせる場面が多くなる。東京ではどこの街にも必ずあるし、時間がなくてもとにかく栄養補給、という感じがよく出るからだ。新潟を舞台に警察小説を書くことがあったら、主人公にイタリアンを食べさせようかな、とぼんやりと考えた。

と思ったら、もう書いていた。自著をひっくり返すと、「刑事・鳴沢了《なるさわりよう》」シリーズ（中公文庫）の第五巻『帰郷』で、故郷に帰省した主人公の鳴沢がイタリアンを食べるシーンを描いていたのである。「安っぽい仕事しかできなかったせいか、急に安っぽいものが食べたくなって」と散々な言いようだ。まあ、鳴沢というのは、仕事だけではなく食べ物に関しても異常にストイックな男なので、ご容赦願いたい。進んでファストフードなど食べないのだ（食べる時は何か文句を言う）。

もちろん俺は、鳴沢ほどストイックではないので、懐かしいB級の味を心ゆくまで楽しんだ。

横では、老夫婦が揃ってソフトクリームを食べていた。ああ、何だかしみじみする……店に入ったのは昼過ぎの時間だったが、もう少し経つと、おやつ代わりにイタリアンを食べる中学生や高校生で賑わうはずだ。

三十年前と変わらぬ、新潟の光景。

新潟には昔からの料亭文化があり、江戸時代から続く料亭が、今も健在なぐらいだ。交易が盛んで、日本海側最大とも言われる繁華街の古町があったことから、こういう料亭文化が発展したわけだ。「料亭」だから当然お値段もかなりのもので、新潟に住んで

イタリアン
イタリア料理の意味ではない
堂場さんの思い出の味!!
新潟のファストフード
ミートソースが
どっぷりかかっている
ベースは太麺の焼きそば
混じり合っても喧嘩しない味!!

いた頃には一度も行ったことがない。まあ、二十代前半の若いサラリーマンが、料亭で呑み食いしてたらおかしいですよね。

数年前、某社の取材で新潟に来た時に、初めてそのうちの一軒で食事をした。やはりかなりいいお値段だったが、まあ、払えないほどではない金額……という感じだった。歳を取るというのは、こういうことですかねえ。

とはいえ、その時に出てきたのは不景気な話ばかり。「最近は接待が減ってお客さんも少ない」「結婚式場として使うこともある」（文化庁の有形文化財である建物には二百畳の大広間があるので、結婚式にも使える）と、意気の上がらない話題に溜息が出た。実際、バブル期にはあれだけギラギラしていた古町の灯《あか》りも、以前ほどの輝きはなくなっていた……思えば俺は、バブル前夜から真っ最中にかけての非常に景気がいい時期に新潟に住んでいたのである。

今回はこの手の料亭は避けて、ごく普通の店を選んだ。出張前、旧友（地元のテレビ局勤務）のOに「何を食べたらいいかな」と相談して勧めてもらった店だ。「県外から来た人に、新潟名物を一気に楽しんでもらう時に使う」店だそうで、ちょっと苦笑してしまった。「元県民」としては、こういうのはどうなのだろう。とはいえ、同行のIとNは新潟に縁がないのでちょうどいい。

確かにこの店には、新潟名物がずらりと揃っていた。となると、そういうものを並べれば見栄えもいいはずだ。常にイラスト映えも考慮しているわけですよ。

まず、魚は何より甘エビ（新潟では南蛮エビって言うんですけどね）。三十数年前、新潟で初めて食べたのが甘エビだった。そのとろりとした食感と独特の甘みに驚かされたものだが、元々新潟は海産物が豊かな県である。基本、あまり魚を食べない俺も、新潟にいた頃にはよく口にした。相変わらず、口中の粘膜に媚《こ》びるようなねっとりした甘さは、東京で食べるのとは一味違う。

焼き物は栃尾《とちお》の油揚げ。これは油揚げというより厚揚げというべきサイズと厚さを誇る名物だ。香ばしさ、ボリュームとも、普通の油揚げとはまったく別物である。気楽に食べられ、腹も一杯になる。今は東京でも手に入るので、俺はよく、九条《くじょう》ネギと一緒に炒めて味噌味で仕上げる（味噌ダレには生姜が必須）。ただし新潟で食べる時は、軽く炙って削り節を大量にかけるのがデフォルトだ。一番シンプルに美味さを味わえる料理法はこれですね。

煮物は「のっぺ」、具だくさんな煮物である。人参、こんにゃく、しいたけなどに加え、里芋が入って少しとろみがついている。ここにイクラを散らすのが、「鮭《さけ》王国」新潟らしいところだ。味は極めて上品。見た目は豪快な料理だが、素材の味を生かした、さっぱりした煮物に仕上がっている。

「鮭王国」といえば、鮭の西京《さいきょう》焼きもまた美味だった。生臭さが一切なく、鮭の旨味が濃縮された味。これだったら、鮭料理の専門店に行ってもよかったな。北部の村上市《むらかみ》にはたくさんあるんです。

箸休めには「えご酢味噌」、つまり「えごねり」です。海藻を固めたもので、かすかな潮の香りと、もろくも崩れるデリケートな歯ごたえが楽しい。ちなみに福岡には「おきゅうと」という、名前が違うだけでほとんど同じ料理があるのだが、どちらが本家なのだろう。

残念なのは、「菊のおひたし」がなかったこと。食用菊の「かきのもと」のおひたしはやはり秋のもので、淡い紫色が綺麗だ。もちろん腹が膨れるわけではないが、何とも清純な食べ物で、宴会の頭に食べると、自分の中の悪い部分が全て浄化されるような……歳を重ねるに連れ、黒いものも溜まってきますからね。

で、メーンはわっぱ飯である。「わっぱ」と呼ばれる木の容器に入って出てくるご飯で、具材によって種類はいくらでもある。今日は鮭とイクラ、蟹《かに》、のどぐろと並べて豪華に、かつ豪快に食べた。

この飯が滅法美味かった。薄い塩味のだし汁で炊いたご飯を入れ、具材を並べてから蒸しあげたもので、米が艶々している。炊き上がりが硬めなのも俺の好みだ。こいつを一気にかきこむ快感は、なかなかのものだね。

しかし、頼み過ぎた。テーブルの上は、新潟定食ではなく「新潟満漢全席」になって

新潟満漢全席
とろりとした食感の
甘えび（南蛮えび）
大量の!!
削り節
具沢山な!!
のっぺ
栃尾の
油揚げ
メインの
わっぱ飯
米が艶々して
滅法うまい!!
豪快に
食べる
堂場氏!!
人参、こんにゃく
しいたけ
鮭‥‥
旨みが濃縮された
鮭の西京焼き
海藻を固めたえごねり

しまいました。総額、二万八千六百二十円也。

途中、「イタリアン、食べた?」とニコニコしながら入ってきたOが加わり、話は流れ流れて昔の友人たちの噂話《うわさばなし》になる。マスコミ業界というのは不思議な世界で、ライバル社が同じポイントで取材しているので、奇妙な関係ができる。もちろん現場では抜いたり抜かれたり——抜かれれば殺意を感じることもあるのだが、ライバル意識を超えて、連帯感を抱くようになるものだ。厳しい取材現場で一緒に苦労するうちに、仲間意識のようなものが芽生える感じですかね。

新潟同期の警察回りたちも、皆五十代後半。まあ、いろいろあるものです。初めて聞く話ばかりで、へえ、と感心することしきり。この辺は俺の悪いところで、「卒業」してしまうと、振り返らないタイプなんですよね。しかしこの日は、珍しく昔話をしてしまった——ポリシー撤回である。

気になったことを聞いてみた。

「古町もずいぶん静かになったよね」この日は平日だったのだが、日本海側最大と言われた古町を歩いている人はほとんどいない。

「昔に比べればね」

「俺たちがこの辺で遊んでたのはバブル前夜だったけど、もっとビカビカしてたよな?」

「確かにねえ」

Oに言わせると、そもそも上越《じょうえつ》新幹線の開業が、繁華街「没落」の遠因だという。新幹線が開通する前は、新潟は東京からも大阪からも遠く、出張族は基本的に泊まらないと仕事にならなかった。泊まれば当然、仕事の打ち上げで一杯……しかし新幹線なら日帰りも可能で、仕事終わりに古町のナイトライフを楽しむ人は減ってしまったのだという。

なるほどねえ。何かと便利な新幹線なのだが、そういうところに影響も出るわけか。俺が新潟にいた頃には、もうそういう「芽」が出始めていたことになる。

懐かしさだけでなく、いろいろ考えさせられる夜になった。

翌朝、米が食べたくなった。いや、昨夜もわっぱ飯を食べたのだが、もうちょっと純粋に新潟の米を味わいたい。

新潟といえばコシヒカリ。このコシヒカリをどうやって食べたら一番美味いかというと、個人的には握り飯だと思う。俺の感覚では、コシヒカリは他の銘柄米に比べて味が濃い。おかずなしの塩むすびが、一番その味を生かしてくれると思う。

そう……新潟時代に一番美味かったのが握り飯だった。それも火事の現場で食べた握り飯。

普段、事件・事故の現場に取材に入った時、饗応《きようおう》（この言葉で合ってるかな？）は受けないのがマイルールだった。聞き込み先でお茶を出してくれる親切な人もいたのだが、そういうのも基本的には断っていた。

ところがこの火事現場では、どういうわけか握り飯を食べてしまった。真冬の夜中の火事で、明け方に呼び出され、雪に埋もれた現場を走り回って腹が空《す》いていたこと、それにたまたま他の取材で知り合った顔見知りが何人かいたせいで、ちょっと気が緩んだのだと思う。

この時食べたのが、白ゴマをまぶしただけの塩むすびだった。息が白くなる寒さの中、ほのかに温かさが残る握り飯の美味かったこと……塩気、それにゴマの香ばしさが米の甘みを引き立て、生涯にあれほど美味い握り飯を食べたことはない。

また、朝飯にも握り飯は定番だった。

その頃よく朝飯を買っていたのは、県警本部の近くにあった弁当屋だった。いつも、握り飯二個に豚汁。今考えると朝食としては結構ヘヴィなのだが、二十代前半の獰猛《どうもう》な食欲は、これで何とか満たされるぐらいだった。この時も、豚汁がおかずとして過剰に感じられるほど、コシヒカリの握り飯の存在感は大きかった。

二日目の朝、握り飯の専門店に目をつけ、二日連続で万代シテイに向かった。ここの巨大なバスターミナルにテークアウト専門の握り飯店があるので、こいつで朝飯にしようという魂胆である。

午前七時半のオープン直後を狙って店の前に。ありゃりゃ、目当ての塩むすびがないや……気を取り直して、「みそづけ」と「しそのみ」（いずれも百五十円）を選び、バスセンター二階に向かう。昨日、ランチを食べた「みかづき」の前に、テーブル席があるのを見つけておいたのだ。

さてさて……握り飯は小ぶりで、朝に食べるにはちょうどいいサイズだ。手に取るとほのかに温かい。この微妙な温かさがいいんですよね。握り飯は、作りたては熱過ぎるし、冷え切ると「弁当」という感じになる。握って少しだけ時間が経った握り飯は、海《の》苔《り》がしっとりとご飯に張りついて一体化し、一番美味いと思う。

一口頬張ると、柔らかめの炊き上がり……昨夜のわっぱ飯は少し硬めに炊けていたのだが、この握り飯は柔らかい分、密度が低い感じだ。それが、朝の胃には何とも優しい。「みそづけ」は大根かな？　「しそのみ」ともども、控えめな香りと塩味が、やはり米の旨味を引き立てる。

しかしなあ。握り飯で行数は稼げないなあ……と思っていると、Nが「カレーも食べましょう」ときた（細い割りによく食べる男なのだ）。

「カレー？　カレーなんかあったかね」

握り飯の店の近くに立ち食い蕎麦屋（新潟時代によく通った店だ）はあったが……行

ってみると、確かにカレーの匂いが漂っている。立ち食い蕎麦屋のご飯メニューとしてカレーは定番なのだが、この店ではやけに推している。どうやら、テレビ番組で紹介されてから人気になったらしく、レトルトまで売っているではないか。

「マジでいけるのか？」握り飯は小さかったが、ご飯というのは腹に溜まる。しかも今日はもう一軒、取材が待っているのだ。

「こんなに推されてるんだから、食べてみましょうよ」Nは引かない。

「うーん……だったら、一つ取って分け分けだな」

「普通カレー」四百七十円は、俺の感覚では大盛りだった。これがまた、何とも懐かしい真っ黄色である。俺たち世代が子どもの頃に家で食べていたカレーは、カレー粉からカレールーに切り替わる時期のものだった。黄色いカレーといえば、カレー粉を使って作るもので、ルーで作るカレーとは味わいもはっきり違っていた。ちょっと角が立つぐらいの辛味が記憶にある。

しかし、俺がよくこの立ち食い蕎麦屋を利用していた三十数年前——酒を呑んだ翌朝には立ち食い蕎麦が食べたくなりますよね——には、このカレーがあっただろうか？カレーはまず、香りで客を引き寄せるものだが、記憶にない。

立ったまま——立ち食い蕎麦屋だから当然だが——まず一口。カレーは見た目通り、もったりした重たさで、甘い。そしてすぐに、結構な辛さが口中を刺激する。この辛さ、確かに子どもの頃に食べたカレー粉のカレーのようなのだが、もうちょっと味が深い。張り紙（あちこちに、やたらとこのカレーを紹介する新聞記事などが貼ってある）を見ると、カレーのベースにトンコツスープを使っているそうだ。なるほど、味の深さはこれ故か。

「しかしお前、朝からこれは重いよ」俺は思わずNに文句を言った。

「でも、美味いじゃないですか」Nが反論する。

「美味いけど、俺は握り飯を二個食べてるんだぜ」

「いやいや、いけますって」

そう――いけた。三人で交互に食べて、結局皿はすぐに空になってしまった。ああ、また体重が……とバスセンターの天井を眺めながら、そういえばこのカレーは米も美味かったと思い返す。さすが新潟と言うべきか。

新潟で暮らしていた間にぐっと体重が増えたのも当然だ。こんな美味い米があったら、自制心が働くわけがないよね。

さて、締めはへぎそばである。昼前、新幹線で長岡《ながおか》へ移動。

その前に、山形の「板そば」の話を少々。山形は有名な蕎麦処なのだが、大昔に出張した時に蕎麦三昧をしようと目論《もくろ》んで地元の人に聞いてみたところ、「山形独特の蕎麦なんかないよ」とあっさり言われてしまった。

有名な板そばも、蕎麦自体は極めて普通だ。これが、「板」に載って出てくるのがその名の由来であり、ビジュアルの特徴でもある。

これに対抗する新潟代表が、へぎそばと言っていい。こちらも、数人前が大きな容器(箱)に入って出てくるのだが、この容器の名前が「へぎ」なので、「へぎそば」という名前になった。「わっぱ飯」と同じタイプのネーミングですね。

ただし板そばと違って、蕎麦そのものも個性的である。蕎麦粉のつなぎに海藻(ふのり)が入っているのだ。これによって、蕎麦にぬるりとした食感が加わり、極めて喉越しがよくなる。本来は長岡以南の中越《ちゆうえつ》地方の名物であり、新潟市ではほとんど食べた記憶がない。

サービス精神旺盛というべきか、一人前でもかなりの分量があり、これに天ぷらをつけると、二十代の食欲もかなり満たされたものだ。県外から来た友人・先輩を案内する時も、当然へぎそばを紹介したのだが、ある先輩曰く「いや、いい土産話になった」。つまり、珍しい食べ物、というニュアンスの感想ですね。うーん、俺としては、普段使いの食べ物の感覚だったのだが。

JR長岡駅からほど近い店に入り、早速へぎそばを注文。そうそう、こういう少し緑がかった色が特徴なのだ。そばは一口分ずつ小分けして盛りつけられているが、これが日本海の荒波を思わせる美しさで、同時に食べやすく親切でもある。二人前で千七百八円。蕎麦アレルギーのIは回避して、これも新潟名物・醤油味のタレかつ丼をチョイスした。

さあ、久しぶりの味わいだ……まず、表面は記憶通りに少しぬるっとしている。そして小麦粉をつなぎに使った蕎麦に比べると、明らかに歯ごたえが硬い。硬いといっても、蕎麦粉百パーセントのごきごきした歯ごたえとは違い、アルデンテに仕上げたパスタにちょっと似ている。ただし、呑みこむ時には極めてスムーズだ。つなぎに海藻を使っている割りに、その香りはほとんど感じられない。

「これは……結構嚙みごたえがありますね」蕎麦処・長野出身のNが言った。

「へぎそばはこういうもんだよ」

「つるりと食べる感じじゃないですよね。よく嚙まないと呑みこめないです」

「これがへぎそばなんだ」俺は繰り返した。

まあ……普段俺が食べているのは「東京の蕎麦」である。真っ白い一番粉を使った更《さら》科《しな》系の細い蕎麦などは、二口三口嚙んだだけで呑みこんでしまう方が美味い。それに慣れた感覚でへぎそばを食べると喉に詰まるので、ちゃんと嚙む——すると、ちょっと口が疲れてくるんですね。とはいえ、日本全国で食べられる蕎麦には、その土地その土地の特色があり、それに従って食べるのが礼儀というものだろう。へぎそばはちゃんと嚙んで食べる、それが新潟流だ。

それにしても量が多いな……蕎麦しか注文しなかったのに、結構満腹になってしまった（朝のカレーのせいかもしれないが）。元々新潟では、蕎麦は祝い事の席などでふるまわれる「ハレ」の料理だったので、量もたっぷり出すのが本来のスタイルなのだろう。ある意味、わんこそばと同じようなものだ。寒い国ならではのおもてなしの精神を感じながら食べると、ますます美味い。四食目、締めの食事としては最高でした。

この後長岡駅に戻ると、駅ビルのフードコートで、今度は長岡市を中心に展開するイタリアンの店を発見した。イタリアン自体は「みかづき」と同じようなものだが、ここはなぜか餃子がメニューにあったりと、混沌《こんとん》感が増している。そういえば、こっちのチェーンのイタリアンは、新潟時代にも食べたことがなかった……I、Nと顔を見合わせて、「どうする？」と無言で相談したが、さすがにスルー。代わりに、地元の濃いヨーグルトドリンクをいただき、旅を締めくくりました。

ちなみに、爆食した割りに、帰ったら体重が二百グラム減っていたことをここに報告しておきます。人間の体は、実に不思議なものだ。

最後にお土産を。

新潟土産といえば、笹《ささ》団子が定番だ。あんこ入りのよもぎ団子を笹の葉で包んだもの

へぎそば
「へぎ」と呼ばれる
容器に入っている
つなぎに海藻(ふのり)
が入っていて
緑がかっている
ちゃんと噛んで
食べるのが新潟流!!

で、素朴な味が何とも言えない。笹が上手く剝がれずに、繊維が残ってしまったりするのがご愛嬌《あいきょう》だ。

しかしこれはあまりにも定番過ぎて面白みがないので、今回は柿の種である。米処だけあって、新潟には米菓が多い。柿の種も新潟発祥の米菓で、まさに柿の種の形をした、ピリ辛のあられのファンも多いだろう。気楽なビールの友には最高ですよね(俺は呑まないけど)。

今回は、チョコレートコーティングした柿の種を選んだ。当然まず甘さが来て、次にピリ辛が来て、とにかく後を引く。チョコレートを食べるとせんべいが食べたくなり、せんべいを食べるとまたチョコレート……という甘辛の無限連鎖に入ることがあるが、これは一つだけで完結しているわけである。

まったく、恐ろしい食べ物だ。米処・新潟が生んだ最終兵器である。

みかづき　万代店
住所：新潟市中央区万代1-6-1　バスセンタービル 2F
電話番号：025-241-5928

番外編1

松山

鯛めし

とある日、都内某所。日本地図を前に、俺たちはあーでもないこーでもないと話し合っていた。

「やっぱり関西は入れたいですね」とI。

確かに。大阪で粉物天国は悪くないな。あっという間に終わりそうで企画の趣旨に合ってるし。

「山陰もまだ埋まってませんよ」とN。

山陰といえば蟹。こいつは捨てがたいなあ。

当企画ではこれまで、各地にガンガン出張して食べまくってきた。しかしまだまだ空白地帯がある。日本地図にマーキングすると、行ったのは北海道、福島、群馬、東京、神奈川、新潟、広島、熊本とわずか八都道県。うーん、全然埋まっていない。日本も広いよね……全都道府県制覇は無理にしても、書籍化にあたって、どこを埋めておくかは大事な問題なのだ。

「だったら、四国だな」俺は、地図を指先で叩《たた》いた。「本州、北海道、九州は行ったけど、四国は完全に空白地帯だ。これはバランスが悪い」

「四国ですか……四国だと魚ですかね」Iが提案する。

「魚かあ……」

自爆だった、と俺は口籠もった。俺は野菜と肉は好きだが、魚は積極的に食べなくてもいいタイプだ。栄養バランスを考えて、たまに食べるぐらいでOKと思っている。数年前、中性脂肪と悪玉コレステロール値を改善しようと、鯖《さば》ばかり食べていたのだが、中性脂肪はともかく、どういうわけかコレステロール値が悪化してしまい、「何故だ！」と叫んで以来、特に魚は敬遠気味だった。

「これまでは、圧倒的に肉が多かったですよね。イラストの参考のために撮ってきた写真が、ほぼ茶色です」野菜大好きなNが指摘する。

「でも、四国で魚って言ったら何だ？　高知でカツオのタタキ？　あれ、あまり好きじゃないんだよな」

「だったら、鯛めしとかどうですか？」とI。

「鯛めし？　鯛めしなんて東京でも食べられるじゃないか」

「愛媛には二種類の鯛めしがあるようですよ。鯛めし食べ比べ、みたいな感じでいけるんじゃないですか？」

それは『弾丸メシ』ではなくフードファイトではないか。昼飯、ないし夕飯を二度食べする？　しばらく侃々諤々《かんかんがくがく》の議論を続けた後、昼夜二回、続けて鯛めしを食べて日帰りすることになった。一応「弾丸感」はあるが、何となくコンセプトが曖昧になる……。俺はまだ釈然としなかったものの、結局二対一で押し切られてしまった。

というわけで、松山《まつやま》へゴー。決してノリノリではなかった、ということをここに記しておこう。魚だもんなあ……。


鯛は、やはり関西の魚、という印象が強い。例えば刺身を食べる時、関東だと主役はやはりマグロですよね。鯛の刺身が出てきても、マグロに比べればどうしても影が薄い感じがある。考えてみれば、そんなにじっくり味わって食べたこともないな。

そんなことを考えながら到着したのは、松山市内で一番の繁華街「大街道《おおかいどう》」。国道十一号線の南側は立派なアーケード街だが、我々は松山城のある北側に向かった（こっちはロープウェー街と呼ぶようですね）。のんびりと、時が止まったような地方色の強い繁華街だが、やたらと鯛めしの専門店があることにすぐ気づいた。街全体で鯛推しか。

愛媛の鯛めしは、確かに二種類ある。東《とう》・中予《ちゅうよ》で食べられるのは、鯛を炊きこんだもの。これに対して「宇和島《うわじま》鯛めし」は、鯛の刺身にだし汁を絡ませ、白米にぶっかけて食べる豪快なものだ。松山には、両方の鯛めしの専門店があることを予習してきていた。

まず、昼は、炊き込みの鯛めしに挑んだ。関東で鯛めしと言った場合、こちらをイメージする人が多いのではないだろうか。豪華に土鍋で鯛一匹を炊きこんだ鯛めしは、美味い和食を楽しんだ後の贅沢な締めになる。

しかし愛媛では、普通にランチでも食べるようなものらしい。実際、この店も、昼食を摂る地元の人たちで賑わっていた。決して特別な食事ではないんですね。いや、「松山鯛めし」の天然真鯛バージョンは二千三百円か……ランチとしては、一瞬うっと息が詰まる値段ですね。

まず、つけ合わせ(?)の天ぷらやすまし汁が出てきた後、いよいよ土鍋で鯛めしが登場。蓋を取ると、大ぶりな切り身が二枚(これが二人前)。飯はうっすらと茶色に染まっている。自分で身をほぐして混ぜろ、ということのようなので、ざっくりと混ぜこんでみた。しゃもじで鯛を割ろうとした瞬間、思わず「お」と声が出てしまう。弾力がある……魚に熱を入れると、ほろりと崩れてしまうものだが、予想外の抵抗感があり、しゃもじを跳ね返してくる。本場の鯛とは、こういう風に弾力が強いものなのだろうか。

一部は細かくほぐし、一部は大きく割ったままとバリエーションをつけて混ぜ終え、茶碗《ちゃわん》にイン。で、早速かきこむ——上品だ。上品以外の形容詞が思いつかない。生臭さ、皆無。こういう魚系の炊き込みご飯だと小骨が気になるものだが、まったく舌に触らない。相当丁寧に下処理している。

何より米が美味い。土鍋ご飯の美味さはよく言われるが、実際には必ずしも上手く炊けるとは限らない。しかしこの鯛めしは、まさに上塩梅の炊き上がりだった。ほとんど白飯と言ってもいい淡い味わいの奥に感じる、かすかな海の香り。ごろりと大きい鯛の身が口に転がりこんできた時は、「ラッキー」という感じでニヤニヤしてしまった。自分で混ぜこんだので、ラッキーでも何でもないんですけどね。こういうのは自作自演というのだろうか。

しかしこれは、毎日食べても飽きない味だ。天ぷらとかはいらないから、純粋に鯛めしだけで千円台、東京にも出店してくれないだろうか。

魚に対する苦手意識が、少しだけ薄れてきたぞ。

東日本ではマグロ、西日本では鯛――ちょっと調べてみると、イメージ通りだった。

総務省の家計調査に、自治体別、魚の種類別の購入金額・量のデータがあるのだが（こんなことも調べているのか！）、二〇一六年から一八年までの平均を見るとイメージはしっかり裏づけられた。

マグロの購入量トップは、納得の静岡市で年間五千五十九グラム。内陸の甲府市の三千七百グラムがこれに続く。東京都区部では二千八百九十八グラムだ。一方、今回訪れた松山市は年間八百九十五グラム、最下位の北九州市では三百七十グラムに過ぎない。

これが鯛になると、一気に逆転する。トップは佐賀市の千八百三十六グラム、二位が熊本市の千四百八十グラム。上位に九州の自治体が並ぶ中で、松山市は六位、千八十九

松山鯛めし
炊きこみバージョン!!
弾力のある鯛に
堂場さんも
驚き!!
ご飯は
うっすら茶色!!
Ali

グラムになっている。下位は東日本の自治体ばかりで、最下位は甲府市の三百六十九グラムだった。

これはあくまで購入量だが、外食分を含めると、さらに傾向ははっきりするかもしれない。日本の食文化、きっちり東西に分かれているものですね。鮭と鰤《ぶり》の話もしたいのだが、今回の主役はあくまで鯛なので省略します。

二軒目の店は夕方に予約しておいたので、それまで腹ごなしに松山城、道後《どうご》温泉と松山観光フルコースを味わった。弾丸メシらしからぬのんびりした道程だが、たまにはこういうのもいいだろう。春の松山、何だか街全体がのんびりしていました。とはいえ、松山城から街全体を見下ろしてみると、市街地は起伏に富み、結構大きいことに驚かされる。

ちなみに、道後温泉をうろついている時に「あぶり鯛めし」というのを見つけた。これは軽く炙った鯛をタレで食べるもので、最後はだし汁をかけて鯛茶漬け風にするらしい。うーん、これは第三の鯛めしと言っていいのだろうか。軽く炙った魚は独特の香ばしさを持っていて美味いものだ——食指が動いたが、さすがに昼食と夕食の間に食べるおやつではない、と断念した。

何だかもったいなかったな、一泊にすべきだったかなと思いつつ市街地に戻る途中、この街には松山商業高校があると気づいた。松山商といえば、自然に一九九六年夏の甲子園決勝、熊本工業との死闘が思い出される。「奇跡のバックホーム」で知られる一戦だ。

俺は個人的に、この試合を甲子園の長い歴史の中でのベストバウトに選んでいる。

実はこの取材の前年、熊本に太平燕を食べにいった時に、俺は熊本工を訪ねている。というより、太平燕を食べた店のすぐ近くが熊本工だったのだ。その時は野球部が練習をしている時間ではなかったのだが、今日はちょうど放課後。もしかしたら野球部の練習を見られるかもしれない。

というわけで、市内中心部にある松山商を訪れた。いたいた……まさに野球部が練習中だった。選抜出場は逃し、早くも夏に向けて気合が入った様子。松山商といえば、大正、昭和、平成の各時代で全国制覇している古豪・名門校である。そういうチームらしく、練習はキビキビしている上に、どこかどっしりした余裕も感じられた。

まあ、だから何だという話だが、ともかく俺は、松山商と熊本工を見たのだ。これにて、「奇跡のバックホーム」の脳内プレーバック終了。何だか妙に得した気分になった。弾丸メシ取材での、思わぬおまけである。

夕方五時、二軒目の店の開店を待って飛びこむ。こちらは上品な雰囲気の居酒屋だったが、推しはやはり鯛めし——今度はぶっかけ風の鯛めしだ。

出てきたのは、白飯、それにタレと卵が入った器に、主役の鯛の刺身。刺身をタレの容器に入れてよくかき混ぜ、ご飯にかけて豪快に食べて下さい、というものだ。

紫蘇《しそ》、ネギなど様々な薬味と鯛を、生卵とタレの入った器にぶちこみ、よくかき混ぜる。タレをちょっと舐めてみると、かなり味が濃く、結構な甘みも感じられる。ご飯は茶碗で軽く二杯分、上手く塩梅して、まず半分をご飯にかけた。

ここは、上品に食べるのではなく、お茶漬け方式で一気にかきこむのが正解だろう。というわけで、まず一口。鯛がブリブリ（あまり擬態語は使いたくないのだが）している。歯を押し返すのかと思った瞬間にぶつっと嚙み切れるのだが、その硬さが絶妙なバランスで何とも心地よい。新鮮ないい鯛を生で食べると、こういう感じなんだな……。

濃い味だと思っていたタレは、実際にご飯と合わせてみると、ちょうどいい塩梅になる。穏やかな塩味の中に、様々な薬味の刺激が時々襲ってきて、いいアクセントになった。

これにちょっと似た料理で、鯛茶漬けというのがありますよね。醬油や酒などに軽くつけこんだ鯛をご飯に載せ、最初はそのまま、続いてお茶やだし汁をかけて食べるものだ。お茶をかけた時に鯛が軽く煮えた状態になって、一気に食感が変わるのが面白く、美味いものだ。東京・大手町にこれを専門に食べさせる店があり、会社員時代には時々

宇和島鯛めし
鯛の刺身
絡ませて
のせる
お茶や だし汁は
かけない!!
タレと卵
薬味も
良いアクセント
白飯は少なめ
一気に食べ切る!!

昼飯に使っていた。千円ほどで鯛茶漬けが食べられたので、えらく得したような気分になったものである。東京では、消費量の少ない鯛はやはり高級魚ですからね。

しかしここの鯛めしは、あくまで生のまま食べさせる。何となく、お茶やだし汁が欲しいなと思ったが、いかんせん、飯の盛りが上品なので、結局一気に食べきってしまった。二食連続鯛めし、まったく苦になりませんでした。

この料理、漁師飯を彷彿させる。実際、店のウェブサイトには、伊予《いよ》水軍や漁師たちが火の使えない船の上で酒盛りをした際、酒を飲んだお椀《わん》に飯を盛り、生の鯛の身を載せて食べた——というルーツに関する説明がある。何となく、光景が目に浮かぶようですよね。山賊ならぬ海賊の宴会という感じか。

要するに、釣り上げたばかりの新鮮な鯛を、船上で慌ただしく、かつ美味く食べるために生み出された知恵だ。そういうルーツを考えると、大急ぎでかきこむように食べるのがいかにも相応しい。

せっかくなので、この店では他の愛媛名物も頼んでみた。ふか（サメ）の湯ざらし、細切りこんにゃくを甘辛く煮て、その上に様々な薬味を載せた「ふくめん」、じゃこ天なども上々の味でした。全体に味つけが甘いのは、西日本の特徴だろうか。それが、気持ちを落ち着かせるのも不思議だ。

宇和島鯛めし、天然真鯛を使ったものは二千百円。酒を呑まない俺だが、上等の日本酒を呑んだ後の締めに、この飯は最高だろうな、とは思う。

まあ、たまには魚もいいよね。つまらない結論ですみません。

さて、今回は尺が足りないな。苦手な魚なので、あまり熱が入らないせいかもしれませんが。

みかんの話でも書きましょうか。

「愛媛では蛇口からみかんジュースが出る」という話を聞いていて、さすがに冗談だろうと思ったが、実は本当に蛇口からみかんジュースが出る場所がある。

一軒目の店を出た後、すぐ近くにある観光物産館に入ってみると、確かに「蛇口」があった。しかし当然、勝手に出して飲んでいいわけではなく、百円を払って一杯分をコップに入れていい、というルールだ。

もちろん、試しました。オレンジジュースではなくみかんジュースなんて、久しぶりだな。強烈な酸っぱさに驚かされる。みかんって、こんなに酸っぱかったっけ？　最近のみかんはだいたい甘く、「外れ」がない。子どもの頃は、よく酸っぱい「外れみかん」を食べたものだが……しかしおかげで、日頃の睡眠不足が吹っ飛び、昼に食べた鯛めしも一気に消化された感じになった。やはり日本の柑橘《かんきつ》類というと、みかんということになりますね。

ほかに、おやつとして「醬油餅」を食べた。大街道をぶらついている時にたまたま見つけたもので、いかにもひなびた見た目に惹《ひ》かれて、つい買ってしまった。一個七十円。薄い茶色のべったりした餅状の菓子で、包装のビニールを剝がす時に、くっつく、くっつく。ねちっとした歯ざわりは、ちょっとういろうに似た感じかな。甘さも醬油味も控えめで、一気に何個でも食べられそうだ。後で調べると、米粉に醬油などを加えて蒸しあげた、非常に素朴な菓子だった。味わいはシンプル、地味とも言えるのだが、こういうものを食べると、嫌でも旅の気分が盛り上がる。

さらに道後温泉をぶらついている時に、IとNが「他に何か名物はないか」と検索して、「みかんご飯」なるものの存在を突き止めた。どうやらみかんの果汁で炊いたご飯(そのままじゃねえか)のようだが、これは想像を超える料理だ。

調べてみると、道後温泉にまさに一軒、みかんご飯のおにぎりを出す店があるらしい。鯛めしと鯛めしの間におにぎりのおやつもどうかと思ったが、珍しいもの見たさで店に直行——が、休みだった。ただ食べに行って帰るだけという、あまり計画性がない企画なので、これもよくあるパターンである。

「空港でも売っているらしい」という情報を得て、帰りに売店をくまなく探してみたが、見つからず。Nがお店の人に聞いてみると、何故か「今日はありません」と半笑いで告げられた。その後も搭乗時間ぎりぎりまで探し続けたが、やはり「今日はない」。仕方なく諦めた。うーん、こうなると、どうにも気になるな。

松山から帰った翌日、エッセイストの平松洋子さんと会う機会があったので、「みかんご飯、ご存じですか」と訊《たず》ねてみたら、何故かニヤリとされた。「食べ損ねたんですよ」と打ち明けると、「じゃあ、味は言わないでおきましょう」と返されてしまった。

ああああ、気になる！　しかしこればかりは愛媛に行かないと食べられないようだ。よし、いずれ必ず……刮目《かつもく》して、その日を待て！

番外編2

京都

学生メシ

あまり縁のない街、京都に来た。たぶん、来るのは十数年ぶりである。

きっかけは二つあった。

一つは、本書の文庫化に際しての、担当編集者・Iの指摘である。

「関西がぽっかり空いてます。どこか入れませんか」

実は、単行本にする時にも「関西方面を入れたい」という話はあったのだが、その時は結局取材せず、四国で鯛めしを食べている。改めて単行本の冒頭にある日本地図を見てみると、確かに関西は大きな空白になっている。海外にさえ二回も行っているというのに、何ということか、食の宝庫である関西を訪ねていなかったとは。しかし関西となると、美味いものが多過ぎて選択肢に困る。肉もいいし、粉物だって当然悪くない。

迷っているうちに、もう一つのきっかけが生まれた。ふと、今年（二〇二二年）で大学入学から四十年になると気づいたのだ。

だったら学生の街で何か食べて、「学生メシ」で文庫用に一本作ろうか、というアイディアが生まれた。そういうことなら、関西の中でも屈指の学生街である京都だな。東京で学生街の代表といえば間違いなく神保町なのだが、果たして神保町に匹敵するようなボリューミー、かつ安い食べ物があるかどうか。

早速リサーチを開始したところ（京都に縁のある編集者に聞いただけですが）、「いわしコンビーフライスというのがありますよ」という証言を得た。いわゆる喫茶店メシで、地元では有名だというが、「海のものと山のもの」が一緒に入ったライスとは何ぞや？俺の常識にはないメニューに、久々に食指が動いた。そもそもこの企画では、名前は聞いたことがあっても実態を知らない「謎メシ」も食べてきたし、チャレンジ精神を大いに刺激された。

というわけで、三回目のワクチン接種を無事に終え、まん延防止措置も終わった二〇二二年三月後半、しっかりダブルマスクをして新幹線に乗りこんだ。出張取材なんて、実に久しぶりだよ……。

取材の日は、桜も咲き始め、観光客も増えて、何となくざわざわした一日だった。しかもちょうど、京都大学の卒業式と重なった。袴《はかま》姿やスーツ姿の卒業生の姿が目立つものの、派手な騒ぎ、浮わついた雰囲気はない。コロナ禍のせいか、この大学ならではの伝統なのか。渋谷辺りでは、大学の卒業式となれば、街全体に花が咲いたように派手やかになるもので、こっちもそれに慣れているせいで、ちょっと気が抜けた。

京都大学のすぐ近くにある問題の店、「カフェコレクション」は、本来定休日だったのだが、この日は卒業式とあって、特別に店を開けたのだという。混み合いそうな予感がしていたので、京都駅から直行して、昼前に入店。

店内は、いかにも学生街の喫茶店という、雑然とした雰囲気だった。気取らないインテリアで、何となく、六〇年代、七〇年代の匂いがする。BGMがブルースのライブ（誰かは分からぬ）というのも、この店の色合いにマッチしている感じだ。

さて、メニューにしっかりありましたよ、いわしコンビーフライス。今日は文庫担当・I（女性）と二人だし、これだけでは淋《さび》しいからもう一品……ご飯もののメニューを見回して、Iが「オムライスですね」とすぐに結論を出した。なるほど、黄色と赤の明るい色合いは、テーブルの上を賑やかにしてくれるだろう。

ほどなく、まずいわしコンビーフライスが到着。名前が全てを表すメニューだ。ライス全体に茶色いコンビーフの細片が混じり、ところどころに黒々としたいわしが顔を覗かせている。上には大量の青ネギをトッピング。このいわしはあれです、アンチョビの缶詰から引っ張り出したまんまというルックスである。となると、相当塩辛いのではないかと、食べる前から密かに恐れた。最近、塩分カットも意識しているからね。

しかし一口食べてみると、意外なほど塩気は強くない。むしろあっさり味だ。全体にはオイリーだが、唇がぬるぬるするほどではなく、「しっとりしている」というのが相応しい味わいだ。問題のいわしは、予想していたようなアンチョビの強烈なしょっぱさとは程遠い。ということは、アンチョビであるにしても自家製で、塩気を調整しているのか？　さらに少し入ったタマネギ、たっぷりかかった青ネギの千切りのせいか、最後までさほどしつこさを感じなかった。

全体を貫く味は、あくまでいわしで、コンビーフの肉々しさはあまり感じられない。そして「生臭い」と感じる直前で絶妙に寸止めされており、魚の旨味を十分感じることができる。コンビーフだけだとちょっと物足りないかもしれないが、海のものの力を借りて、一気にガッツリ系メニューとして完成している。絶妙なバランスで、これは、毎日食べても飽きない味ですね。何とも癖になる味で、地元で人気になるのも納得した次第である。京大生、ちょっと羨ましい。

食べながら、これなら自分でも作れるのではないか、と思った。俺が作るなら、アンチョビの油は使わずに、オリーブオイルでライスを炒め、レモンと胡椒をがっつり効かせる。さっぱり感が増す上に、さらに味にインパクトが加わるのではないだろうか。確か自宅にアンチョビの缶詰があったはず——真似《まね》してみたいと考えさせるのは、いい料理の証拠だと思う。

さて、もう一方の雄、オムライス。これが驚愕《きょうがく》だった。いや、オムライスで驚愕は大袈裟かもしれないが、もしもオムライスの教科書があったら、表紙に載せるか一ページ目に掲載したいぐらいの一品だったのだ。

最近は、ふわふわに仕立てたオムレツをチキンライスに載せるオムライスが多いが、こちらは薄焼卵でケチャップライスを包んだ、昔ながらの由緒正しきオムライスである。卵には焦げ目もなく、料理に使う形容詞としてはどうかと思うが、実にハンサムだ。子どもの頃のオムライスってこれだったよな、としみじみしてしまう、そして真ん中には、たっぷりのケチャップ。

卵は薄焼かと思ったら意外に厚みがあり、スプーンを入れると、少しとろりと流れ出す程度の焼き具合だった。中のケチャップライスはベタつかないレベルでしっとりしていて、味わいは控えめで上品。ケチャップをまぶして、ちょうどいい酸味と甘みが加わる。「これだよな」と思わずうなずいてしまう説得力のある味である。あ、個人的には、中にグリーンピースがごろごろ入っていたのが嬉しかったですね。グリーンピース、好きなんですよ。これがあるのとないので、評価は二十点ぐらい違う。

さて、これだけ食べて、コーヒーも飲んで、何と支払いは二千円を切ったのだった。いわしコンビーフライス、七百八十円。オムライス七百二十円。こんなの、仕事場の近くにあったら毎日通いますよ。しかしメニューを眺めていると。混乱してくる。いわし抜きの「コンビーフライス」もあるのだが、これが七百三十円。つまり、いわしの分は

由緒正しき!!
ハンサムオムライス
青ねぎたっぷり!!
茶色のコンビーフ
隠れたいわし!!
いわしがメイン味の
ガッツリ系メニュー
いわしコンビーフライス

五十円という計算でいいのだろうか？　あと、「トリ皮のバターライス」というのも気になる。いったいどんな食べ物なのだろう？　ピザやスパゲティもバリエーション豊富で安く、こういうのも絶対、美味いと思う。

飲み物も安いんだよなあ。コーヒーが三百円、紅茶が四百円。関西らしくミックスジュースもあって、これが四百五十円。東京でこの手の喫茶店に入ると、今はコーヒーが五百円ぐらいが最安レベルだろうか。そういう値段に慣れてしまっているせいか、やはり安く感じる。これは絶対、もう一度来ないといけないな。全メニュー制覇はなかなか難しいと思うが、何人かで一緒に来てたっぷり頼み、豪遊してもいい。

卒業式を終えた京大生たちで店内が賑わってきたので、昼過ぎに店を出ることにした。見ると、いわしコンビーフライスを分け合って食べているカップルがいる。確かにこれ、二人で食べてもランチには十分かもしれない。とはいえ、「若いんだから、もっとガンガン食べなよ」と腹の中で思ってしまったのは、自分が歳を取った証拠だろうか。オジサン、若い人が一杯食べるのを見るのが嬉しいんだよね。

いわしコンビーフライスを教えてくれた編集者に早速料理の写真を送ると、「懐かしさに悶《もだ》えております」と返信があった。そうか、悶えたか。それも当然だと思う。学生時代にこの味をすりこまれたら、折に触れて思い出すだろうな。

店を出て、少し街を歩いた。あちこちに、こういう軽食を出す喫茶店や気さくな感じの定食屋がある。ちょっと覗いてみると、やはり値段安め、量たっぷりで、学生に対する愛情が感じられる。京都大学とこの街の長い歴史を思い、何だかしみじみした気分になった。学生街って、やっぱりいいですね。

学生が多いせいだろうか、京都は喫茶店の街でもある。それもチェーンのカフェではなく、地元の人が経営する地元の人のための店が多い。京都大学周辺だけではなく、とにかく街中ではどこへ行っても喫茶店を見つけるのに苦労しない。せっかくなので食後にさらにお茶を飲もう——しかしどこか一つを選ぶのは大変で、一か月ぐらい滞在して喫茶店巡りをしたいぐらいだったが、今回は敢えて老舗中の老舗（一九四〇年創業）の「イノダコーヒ」（正式表記は「コーヒー」じゃないんですね）の本店を選んだ。京都にあまり縁のない人生を送ってきたので、超有名店のここも初入店である。

行って驚いたのだが、客が列を成しているではないか。明らかに観光客もいれば、リタイヤした地元の人もいる感じ……行列は苦手なのでちょっと腰が引けたが、実際には少し待つだけで入れた。中が滅茶苦茶《めちゃくちゃ》広かったせいだ。白い丸テーブルが並ぶ様は、何となくデパートの大食堂を思い出させる活気に溢れている。今回は、ちょっと暖かい日だったのでテラス席へ。こちらは赤白チェックのテーブルクロスが、何とも懐かしい感じ。

入るのは初めてだったが、この店の情報はネットでも溢れているし、先輩作家もあちこちで書いている。その中で一番「？」となる情報が、コーヒーにあらかじめミルクと砂糖が入れてあることだった。ベトナムコーヒーかよ、と思いながら、メニューのトップにある「アラビアの真珠」を頼む。モカをベースにしたブレンド——注文すると「砂糖とミルクは入れますか」と確認された。おっと、わざわざそう言ってくれるのか……普段はエスプレッソをブラックで飲むのに慣れているのだが、ここは店の流儀に従おうと、「入れて下さい」と頼む。同行のIはブラック。なんとなれば、期間限定メニューの桜のモンブランを頼んだからだ。いわしコンビーフライスとオムライスの後で、ヘビーなスイーツはきついな、ちょっと遠慮しよう……と思っていると、丁寧にフォークが二本ついてきてしまった。となると、食べないわけにもいかない——一口食べて、あまりの甘さに脳天が痺《しび》れた。最近、糖質を少し制限しているので、この手のダイレクトな甘さとは疎遠になっていたのだ。久々に煙草《たばこ》を吸って頭がくらくらするようなものか。慌ててコーヒーを飲むと、しまった、こいつも砂糖ミルク入りである。口中の粘膜に媚びるように、しっかり甘い。

甘さのツープラトン攻撃を何とかやり過ごして、コーヒーに専念する。確かに甘い。甘いが、苦味と深みははっきり感じられる濃い味だ。かといって尖《とが》っているわけではなく、何ともバランスがいい。普段甘いコーヒーを飲み慣れていない舌でも、次第に美味

アラビアの真珠
店の流儀に従って
砂糖とミルク入り!!
コロンビアのエメラルド
こちらはブラック
桜モンブラン
しぶしぶフォークを
手に取る堂場さん。
Ali

いと感じられるようになってきた。これが老舗の実力なのか、それとも京都ならではの空気感のせいか。

オープンエアのテラス席という環境も相まってか、久々に熱く小説について語ってしまいましたよ。それこそ、学生時代のように。いや、学生時代は小説について議論する相手もいなかったから別の話題だったが。

このコース、東京で言えば、神保町の「キッチンカロリー」で「カロリー焼き」を食べ、「古瀬戸珈琲店」でまったりするような感じかな。あ、カロリー焼きも名前だけ聞くと謎の食べ物みたいだけど、たっぷりの玉ねぎを添えた牛バラ焼肉で、ライスの友としては最強候補の一つです。ちなみに、「古瀬戸珈琲店」は「イノダコーヒ」よりもっとコンパクトで静かな感じで、一人で考え事や読書をしたり、ゲラを直したりするのにちょうどいい。一方で「イノダコーヒ」は、誰かと一緒に来て、ゆったりと談笑するのが似合う感じだ。これだけ大きい店だと、社交場としても機能しそうですね。どちらも喫茶店の正しい使い方なんだよな、とつい考えてしまった次第である。

帰りの新幹線の中で、胃の膨満感と闘いながら、自然と自分の学生時代を思い出していた。

張り切って上京してきたものの、一、二年時のキャンパスは何と神奈川県厚木《あつぎ》市だった。大学が郊外へ出ていく傾向が盛んだった八〇年代前半。大学名とはまったく関係ない、神奈川県中央部の街が大学生活の本拠地になった。その後は都心回帰傾向があるのが恨めしい。

ここがとんでもない場所で、最寄駅から大学まで、バスで三十分ほどもかかった。しかも大学を含めた地域全体の開発が始まったばかりで、近くには食事ができる場所がほとんどなかった。必然的に、昼食は学食のお世話になった。

新しい学食は、小綺麗なカフェテリアのようで、二年間、ほぼ毎日ここで昼食を食べ続けたのだが、「こんなものか」というのが当時の感想だった。美味くもなく不味くもなく、外で食べるよりは安くてお得だな、という感じ。

当時一番よく食べていたのは、スパゲティだった。ミートソースに、どういうわけかコロッケが一つついてきたので、スパゲティを大盛りにすれば、凶暴な食欲を持て余していた十代後半の胃袋も、まあまあ満たされた。これで確か、三百五十円。今だったら、栄養バランス的に絶対選ばないメニューですね。カーボローディングが過ぎる。

三年からはいよいよ渋谷のキャンパスになったのだが、ここでもまた、唖然とした。都内屈指の大繁華街・渋谷が間近にあるのに、貧乏学生の身分で外食できる店がほとんどなかったのである。大学のある街というと、いかにも学生向けの安くて量たっぷりの店が並んでいる——まさに京都のように——というイメージがあったのだが、とんでもなかった。

もちろん、渋谷駅周辺まで出れば、安くて量たっぷりの料理を食べさせる店はあったのだが、大学から渋谷駅周辺までは、歩いて十分はかかる。貴重な昼休みの時間を、食事のためだけに費やしたくはなかった。

そもそも俺が通っていた大学は、「渋谷」ではなく「表参道《おもてさんどう》」が最寄駅である。その表参道というのは、昔から「若者向けの街」であって「学生の街」では決してない。その証拠に、書店の少なさに唖然とした（これは渋谷でも同じだが）。神保町通いが頻繁になるのも当然である。

表参道駅近辺にもレストランはたくさんあったものの、ランチの単価が千円ぐらいからだった。これではとても、貧乏学生には払いきれない。何しろ当時は、一日千円ぐらいの食費でやっていたのだから、一食だけで予算満杯である。もともと小洒落た街なので、貧乏学生など相手にする必要もなかったのだろう。あるいは、お金のある学生だけ来て下さいということか。これは、四十年近く経った今でも、ほとんど変わっていない。実は今も、出身大学の近くで日々を過ごしているので、ランチ事情には詳しいのだ。今は、ランチの単価が千二百円から千五百円というところですかね。

結局渋谷のキャンパスでも、頻繁に学食のお世話になることになったのだった。今でも覚えているのだが、最高額のトンカツ定食が四百円。今よりはるかに脂分を必要としていた二十代前半の俺にとっては、貴重な栄養源だった。

とはいえ、学生でも食べられる店が、近くに皆無だったわけでもない。大学のすぐ裏には、ごく庶民的な中華料理屋があり、ここへは足繁《あししげ》く通った……当時の値段は記憶にないが、今でもラーメン、チャーハンが六百円台だから、単価の高いあの街にしては格安だったはずだ。

当時は野菜も取ろうと、よく中華丼を食べていた。そして実は、今もたまに足を運んでいる。最近よく食べるのが「中華風チキンライス」で、これはケチャップ味のライスの上に鶏の唐揚げがごっそり載って、少しだけ生野菜も添えられたメニューだ。五十代後半の胃にはなかなかヘヴィなボリュームだが、何だか昔を思い出して懐かしくなり、入るとつい頼んでしまうのだった。無事に食べ切ると、「俺の胃もまだ大丈夫」と奇妙な自信が湧いてくる。

それにしても、渋谷というのは変化の激しい街だ。当時とは街の光景もがらりと変わってしまい、大学周辺で四十年前と変わらずあるのは、この中華料理屋とチェーンのコーヒーショップが一軒ぐらいである。そしてこの中華料理屋は、何と創業百年以上を謳う老舗である。これまでも渋谷の変化をくぐり抜けてきたのだから、できるだけ長く、この地で学生たちに安くて美味い中華を提供して欲しい――なんて考えるのは、やはり歳を取った証拠だろうか。

カフェコレクション
住所：京都市左京区北白川追分町67
電話番号：075-722-0737

対談

堂場瞬一×平松洋子

「食を書く、食と向き合う」

堂場さんにとって初めての食エッセイとなった『弾丸メシ』。スペシャル企画として対談をお送りします。

お相手は、堂場さんがかねてから対談をしたかったという、エッセイの達人・平松洋子さん。

おふたりの食エッセイの書き方から、最近食べた「涙が出るほど美味しかったもの」、堂場作品における食事シーン、そして「食と記憶」について――。たっぷりと「食」について語っていただきました。

食には素顔が出る

堂場　かねてから私は平松さんのご著作の大ファンで、ほとんど全て拝読していると思います。これまでもお話しする機会はあったのですが、今回は改めて、「食を書く」ということについて平松さんに伺いたいんです。『弾丸メシ』では、函館の地域チェーン・ラッキーピエロのハンバーガー、ベルギーのフリットとワッフルなど、あちこちでいろんなものを食べ、書いてきたのですが、「食を書く」大先輩である平松さんの目にはどう映りましたか。

平松　とても楽しく読ませていただきました。福島の円盤餃子を食べる回にあった「餃子列島」という鋭いフレーズに、思わず爆笑したんですよ（笑）。

堂場　まるく並べて揚げるように焼かれた円盤餃子をつつきながら、日本全国、地方色の豊かな餃子についてまとめた餃子本をつくれるんじゃないか、と企てるくだりですね。残念ながら、既に同様の本はたくさんあったので諦めたのですが……（笑）。

平松　いえいえ、それでも、全国に散らばる餃子文化を「餃子列島」と名づけて数珠つなぎにした人はいないと思うと、あの四文字に、余計に反応してしまいました（笑）。

堂場　そう言っていただけると嬉しいです。それにしても『弾丸メシ』を書いていて、自分の舌の癖に気づきました。初めての食べ物であっても、何か過去の経験と比較している感じがあるんですね。まさに餃子の回も、福島の円盤餃子という初めての食べ物を口に運びながら、過去の餃子経験と比べているんですよね。

平松　「必ず日帰り」「食事は一時間以内」「絶対に残さない」というのが『弾丸メシ』のルールとのことですが、とはいえ、舌がまっさらな状態でポーンと飛び込むわけではないですよね。円盤は初めてでも、餃子自体は生活に馴染んだ食べ物だから、いやおうなしに記憶が刺激される。

堂場　はい。福岡の一口餃子と比べてサイズはどうなのかとか、そういえば以前に宇都宮餃子も食べたな、とか。そういうことを考えちゃうんですよ（笑）。
平松　つい自分を分析してしまうんですね。でも私は、人それぞれの食べ方、楽しみ方、発見の仕方、あるいは「どうしても分析しちゃう」という癖のようなもの、それらを含めたところに人と食べ物とのオリジナルな関係が表われると思うんです。その人間味こそが面白い。私も『弾丸メシ』は、ひとりの読者として、そうした堂場さんのあり方を面白がりながら拝読しました。
堂場　自分がバカ舌でないことを祈るばかりなんですが……（笑）。円盤餃子の帰り、編集Iが買ってきたプリンパンのように、ときどき想像もしていないものが飛び込んでくるのは、ちょっと計算がくるうと言いますか、感覚がおかしくなっていく面白さがありました。パンもプリンも食べたことはあるのに、一緒に食べたことはない。
平松　現実が想像を超える場面にひょいと遭遇すると、針が振り切れますよね。食べ物の場合は特に。
堂場　その発想自体ないものが目の前に現れる、という変な衝撃は楽しいですよね。
平松　そういう経験をすると、誰もが我を失うものです（笑）。オイオイ、と自分で自分に突っ込みながら食べている堂場さんの様子から、作家の素顔、素の心のつぶやきが漏れている。

堂場　『弾丸メシ』は、自分で書いていても新鮮で、面白かったんです。普段書いている小説とは違う文体で、特に着飾ることもなく、ラフな喋り口調で書いていますので。

平松　読み手の中には、長らく堂場さんの小説を読んできていらっしゃる方も多いでしょうから、「あ、こういうところに反応するんだ」と知るのも嬉しいところだと思います。予想外の食べ物といえば、滋賀県のサラダパンを最初に食べた時は私も一瞬、思考停止になりました。

堂場　ありますね、サラダパン。コッペパンに、刻みたくあんが挟んである、という。

平松　そうそう！　おっかなびっくり齧《かぶ》りつくと、たくあんを和《あ》えているのがマヨネーズ（笑）。でも、最初こそ驚くんだけど、よくよく考えると新たな側面も見えてくるんです。塩気のものをパンに挟むとき、身近な漬物でもいけるんじゃないかと思いつくのは、意外性はあってもそれほど奇天烈《きてれつ》じゃないし、ユーモラス。それを、マヨネーズを使って成立させようという工夫がある。ただヘンなものとして退けず、その裏にある知恵や工夫、文化や気候風土に気づくのも、未知の食べ物に出会うときの面白さだと思います。

作る人の「人生の味」がする

堂場　この企画では方々に弾丸で、「わざわざその食のために足を運ぶ」ということをしてきたんですが、平松さんも弾丸メシをされることはあるんでしょうか。

平松　日常的な弾丸メシとしては、私の場合は立ち食いそばなんですね。

堂場　『そばですよ　立ちそばの世界』（本の雑誌社）にまとめられていますよね。すごくディープなお店にも足を運んでいらっしゃって、楽しく読ませていただきました。

平松　ありがとうございます。都内でも自宅から少し離れたお店に行くなら、朝から仕事をしながら、ちらちらと時計を見るんです。電車でかかる時間を見越して、お昼の混雑する時間も少し外しながら、家を出る。それでパッと行ってサッと食べて、また電車で帰って仕事をする（笑）。

堂場　まさに弾丸メシですね（笑）。

平松　お店にいる時間は十五分そこら（笑）。

堂場　しかし、それを積み重ねると、貴重な記録になっていくわけですよね。個人経営の食べ物屋は、ふと気がつくとなくなってしまうものですから。

平松　本当にそうですね。今、街から消えていっている食べ物やお店はとても多くて、立ち食いそばも、そのひとつだと思って書いています。

堂場　私も立ち食いそばにはお世話になってきましたが、あまりにも日常的な存在だと、意識もせずに、いつの間にか店が消えてしまったりする。平松さんが書かれるエッセイを読んでいると、「味は記憶なのだ」ということを改めて感じ、強く刺激を受けます。遠方の弾丸メシはいかがですか。

平松　遠方ではあまりしないんですが、実は去年、福岡で弾丸メシをしてきました。仕事で小倉《こくら》に行ったとき、時間もないのに、ひとりで新幹線に飛び乗って、一直線に福岡・西公園の名物「今屋《いまや》」のホットドッグを食べに向かいました。半年前に足を運んだ時は真夏で休業中。ようやく出会ったら――すばらしいホットドッグでした。あまりに大事な味なので、この対談の日まで、まだ自分でも書いていないんですが……。

堂場　そこまで感動的なホットドッグ体験、ぜひお聞きしたいです（笑）。

平松　では、少しだけ（笑）。西公園という、市民の憩いの場になっている大きな公園、その展望台がある小山の頂上に、「今屋」はあるんです。福岡の友人たちから熱烈に勧められていたんですが、改造したバンのなかで何十年もおじいさんがホットドッグを作っていて、存在そのものが土から生えてきたみたいだと、さんざん地元の人から聞かされていて……想像だけがふくらんでいたんです。店名も、かつて深沢七郎《ふかざわしちろう》が営んでいた今川焼屋「夢屋」を連想させて、もうどきどき。

堂場　パンや生地を焼いて、間に具が挟まっているという点でも似ていますね（笑）。

平松　まさに（笑）。もうこれは行かねばならんと、弾丸メシを決意。そうしたら、本当に話の通り。七十代半ばなのかな、おじいさんが焼いてくれたホットドッグは、パンはオーブンで焼いて、調理した刻みキャベツや挽き肉も挟んである。胡椒やマスタードも効いていて、ガツッとパンチのある見事な味なんです。これまた泣けるんですが、熱々のソーセージには細かい切れ込みがたくさん入っていて、パリッと食べやすい工夫がしてあるんですよ。

堂場　ああ、いいですね。ソーセージの皮がちゃんと嚙み切れるように、丁寧に仕込みをしているんですね。アメリカの野球場に行くと、みんなホットドッグを食べていますが、美味しいホットドッグに出会ったためしがありません。これだけ世に溢れているのに、かえって難しい食べ物なんだなと思います。

平松　ソーセージの皮だけがニューッと伸びて悲しい残骸になるホットドッグも多いですものね（笑）。「今屋」のホットドッグは、本当にすばらしかった。夢中になって食べて、ふと店を見ると、バンのなかで調理中のおじいさんの腰が直角に曲がっている。「ああ、このホットドッグは、この人の〝人生の味〟なんだなあ」と思い至って……。「人の味がする」ということは、私にとって食べ物の最高のあり方のひとつ。おなかいっぱいになったのに、気づいたらもう一本注文していました（笑）。

堂場　この対談を行っているのは夕方ですが、深夜ならずとも〝飯テロ〟なお話ですね

（笑）。

「名前だけ知っている料理」を減らしたい

堂場　『弾丸メシ』でも、フィンランドの首都・ヘルシンキに行った際、美味しいトナカイのホットドッグに救われました。というのもあの回はそもそも、カラクッコというフィンランドの郷土料理を食べに行ったのですが……。

平松　固い黒パンの中に、ムイックという小魚と豚の脂がギッシリ詰め込まれているものですね。「長さ十五センチほどのラグビーボール形の物体」と書かれていました。

堂場　街の朝市で買ったカラクッコをボコッと割ったら、中には形そのままの小魚がギッシリ詰まっていて……味もとても薄くて、どうしようかと。食べながら、「ここにマヨネーズがあれば」と何度も思いました（笑）。その翌日、旅の最後にありついたトナカイのホットドッグが美味で、ああよかった、と。

平松　初めての食べ物って、食べ方さえよくわからない、という局面に遭遇するときがありますよね。フィンランドでは、カラクッコはたしか、二〜三センチくらいの厚さに薄く切ってから皿にのせ、ナイフとフォークで食べます。東広島市の「美酒鍋」――日本酒だけで炒りつけて作る料理も小鍋で食べていらっしゃいましたが、あれも本来は、酒蔵で杜氏《とうじ》たちに肉や野菜をたくさん食べてもらおうと生み出された料理なんですよね。「美酒鍋を小鍋で食べるのは方向が違う～」とニヤニヤしながら読んでおりました（笑）。

堂場　そうでしたか！　お店から出されたのが小鍋だったんですが、いやあ、どうにも様子がおかしいと思っていたんですよ……（笑）。

平松　でもそこに、食べることにまつわるおかしみがあると思うんです。熊本の麺料理・太平燕を食された回で「死ぬ前に、『名前だけ知っている料理』の数を減らしておきたい」とありましたが、自分が食べていない世界中の食べ物のリストを一行ずつ消していきたいという欲望は、私の中にもあります。全部消せるなんて不可能なのに。そういうところにも人間の滑稽さが息づいている。

堂場　確かに、それはありますね。あと『弾丸メシ』全体に言えることなのですが、実はほとんど「取材」というものをしていないのです。お店の人に「これはどういう料理なんですか」ということを、ほぼ聞いていない。むしろ、私がどれだけ戸惑ったのか、その上でどれほど美味かったのか、ということを書きたかったんですね。お店の方から「解答」をもらうことはできるのですが、そうした取材は極力せずに、こちらの勝手な想像や妄想も含めて書き込んでいるんです。

平松　そこは、ちょっと羨ましいなあと思いながら読んでいました。私はなかなかそうした書き方ができなくて……正確なことを伝えたいという思いが発動されちゃって、うっかり自縄自縛になってしまうことがある。ですからタマがどこに飛んでいくかわからない『弾丸メシ』の筆運びは、羨ましいなあって（笑）。

堂場　いえいえ、平松さんにツッコミを入れていただくことで芸が成立しているようなところもありますから……（笑）。

読み手との「身体性」をつなぐ

堂場　まさに今「食を書く」ということに話が及んだわけですが、食べ物を描写する時、どこから手をつけていきますか。まずは視覚、見た目から入るのが定石ではありますよね。食べ物がどんな姿をしているのかを、手始めに伝えなければいけませんから。

平松　読み手はその食べ物を見ていない、味わっていないという前提がありますから、まず視覚的に食べ物を思い描いてもらえるようにするのは大事かなと思っています。

堂場　私としては、もし強いものならば、二番目には匂いや香り。その後は手ざわりでしょうか。箸でつまんだ時、ナイフで切った時の感触を描いて、それでやっと食べる描写に至る、というような。そこまで真面目に段階を踏んでいるわけでもないですが、おおむねこの通り、五感を順番に満たしていくように書く意識はあるかもしれません。

平松　食べ物によっても変わってきますしね。いずれにしても、やっぱり食べ物というのは、咀嚼《そしやく》する、嚥下《えんげ》する、消化するといった、人間の身体性に密接に関係している。ですから、「食を書く」ということは、それを食す書き手、読む人、両者の「身体性」をつなげていくことでもあるかなと。「食を書く」という営みにおいては重要なポイントで、つねにむずかしいと感じています。カラクッコの場合は、香りなどは横に置いておいて、とにかくあの形状にビックリ仰天したことをまず書くわけですよね（笑）。

堂場　そうですね。割ったパンの断面に小魚がビッシリ……という、見た目で出オチみたいな料理ですから（笑）。

平松　その異様な感じを共有することで、読み手の人の視覚とシンクロしていく。

堂場　平松さんの場合は、食感などを形容する、何ともいえない擬音語や擬態語が特徴的ですよね。やわらかく、絶妙に形容されることで、読み手との間でチューニングが合っていく。ああいう書き方は、意識的にされているんでしょうか。

平松　うーん、むしろギリギリの表現なんです。やり過ぎると、ふっと読む方の拒否反応に触れることもある。身体性をできるだけ共有できるように、近づけていくように、とは思うのですが、オノマトペ的なものに頼ると過剰になりがちで、逆に書き手と読み手が離れてしまう瞬間が生じるかもしれない。食に関する文章を読む時、人は自分から遠いものとして読んでいなくて、どこかしら自身に引き寄せながら読むと思うんです。理解したい、追体験したい、味わってみたい、噛んだり飲んだりしたい、これは嫌だ、というような。身体性となまなましい感情を触発するのが食を書く面白みであり、むずかしさでもありますね。

堂場　なるほど。その食べ物を別のものにたとえる、というのも伝達手段としては手っ取り早いですが、それもまた別の問題が出てきてしまいますよね。固い食べ物を噛んだ時、北九州名産の「くろがね堅パン」にたとえると私としてはしっくりくるんですが、読む方は九州の人ぐらいしかわからなくて、理解してくれる人が限られてしまう。食べ物の表現は本当に難しいですね。『弾丸メシ』では、できるだけ食感を形容する擬音語・擬態語を入れないようにしてみました。

平松　そこは意識して省略されているな、と感じました。

堂場　はい。ちょっとハードボイルドな文体にしてみたかったんですね。でも平松さんの文章は、そうした形容が本当に自然で、登場させる回数も塩梅が絶妙なんですよ。

平松　そうですか。よかった……（笑）。

堂場　私も常に試行錯誤しています。

小説で食事シーンを書く意味

平松　今お話ししていて、担当の編集者が面白いことを言っていたのを思い出しました。

私の原稿を読んでいると、「キタ、キタ、キタ！」って自分の気持ちが盛り上がっていくくだりがある、と（笑）。読む側と書き手の共同作業が成立しながら、お互いにグーッと近づく関係が築けたら嬉しい。とはいえ、それをパターンにしてしまったら面白くなくなってしまう。緊張感やある種の裏切りも大事かもしれないし。

堂場　物を食べない、という人はまずいなくて、あらゆる人が食べるという行為をするわけですから、人間のベーシックな部分において書き手と読み手は結びついているとは思います。食について書かれたものは、読み手も想像しやすいし、だからこその大変さがある。私も小説を書いていて、登場人物について実感を伴って伝えたい時に、食事のシーンを描くことがよくあります。

平松　「この人物はこういう食べ方をするのか」「あの食べ物をああいう場所で買うのか」など、説明なしに汲《く》み取っていける描写ですね。食べ物は、余計な説明を排して人物を伝える効果的な装置でもありますよね。

堂場　「日本の小説はあまり食べ物のことを書かない」と通説的に言われますが、私はむしろ、食べ物のことを普通に書き込んでいく海外小説にすごく影響を受けているんです。『弾丸メシ』の中でも、アメリカの警察小説とジャガイモの関係について書いているぐらいですから。

平松　『グレイ』（集英社文庫）の中にも、重要な食べ物の描写がありますよね。日々の生活に困窮していた主人公の学生が、羽振りがいい有名経済評論家に雇われて、バブル前夜の怪しい世界に入り込んでいってしまうわけですが、その端緒で描かれるのがステーキ。高根の花のように感じていたステーキをごちそうされ、それを頰張ることで、彼が段々と暗がりの世界に馴染んでいってしまう様子が仄《ほの》めかされる。肉を嚙みしめる姿を通じて事態がリアルに伝わってきます。心理描写以上に、食べ物が人間の内面を雄弁に物語っていました。

堂場　それがステーキである、というのも、時代を感じさせる点で意識しているんです。あの小説は一九八三年を描いたものですが、八〇年代、我々にとってステーキはごちそう中のごちそうでした。本当に肉に飢えていて、『グレイ』の主人公のように、ステーキを食わせてくれる人の言うことは、何でも聞いてしまうようなところがありましたから（笑）。

平松　堂場さんにもそうした思い出があるから、『弾丸メシ』でも吉祥寺のステーキ店「葡萄屋」に行っていらっしゃるのでは（笑）。

堂場　その通りですね。まさに葡萄屋は一九八三年、昭和五十八年の創業で、ああいう店が私にとってステーキ店のスタンダードです。ステーキは、いつまでたっても「ちょっとかしこまって食べに行く」物なんですよね。それを思い出しに「葡萄屋」に足を運んだのが、すごく嬉しかったなあ（笑）。そうそう、『弾丸メシ』は連載するにあたって、イラストがとても重要な要素だったんです。秋山洋子さんという、特にパンをとても美味しそうに描くのが得意なイラストレーターの方に、いろんな食べ物を描いていただきました。

平松　文章にビジュアルの要素を加えていく時には、様々な選択肢がありますよね。例えば写真には、情報性も含めてそのままを過不足なく伝える性質があると思うのですが、今回はぜひイラストを、とお考えになったわけですね。

堂場　そうですね。『弾丸メシ』では、イラストレーターの秋山さんと「掛け合い」をして、遊びの要素を入れていきたかったんです。群馬県高崎市のソースカツ丼を食べた回では、分厚いカツがそびえたつ威容がすごかったので、「秋山さん、イラストに『ドーン』という擬音をお願いします」と本文内でお願いして、実際に「ドーン!!」と文字つきで描いていただきました（笑）。平松さんも今まで、様々なイラストレーターの方と連載を共にしてきていらっしゃるわけですが、何か思い出はありますか。

平松　例えば『ひさしぶりの海苔弁』や『あじフライを有楽町《ゆうらくちょう》で』（共に文春文庫）にまとまっている『週刊文春』の連載では、安西水丸《あんざいみずまる》さんとご一緒しました。原稿が送られてきたら何をどう描くか迷わない、すぐ決まるとおっしゃっていましたね。シンプルに省略したイラストが毎回すばらしかったです。水平線一本で、水丸さんの線だとわかるってすごいですよね。書き込む、足すのではなく、きわきわまで省いた線でした。

堂場　言わば「マイナスの美学」があったわけですね。私は逆に秋山さんに、どんどん書き込んでいってくださいとお願いしました。文章との間で、楽しい関係性が紡げたらいいな、と。

平松　それもまたいいですね！　絵が言葉を守り立ててくれる面白さ。堂場さんも楽しまれている空気が伝わってきました。

堂場　いやあ、楽しかったですねえ……！　それにしても、文章も、イラストも、「食を書く」ということにはいろんな可能性があるのですね。

書くことで蘇る「記憶」

堂場　私は平松さんが昔語りをしているエッセイ、「記憶」を書いていらっしゃるエッセイが大好きなんですが、あれは食べながら思い出が蘇ってくるんでしょうか。私も『弾丸メシ』で、新潟に赴任していた新聞記者時代に食べた現地のソウルフード「イタリアン」――トマトソースをかけた焼きそばについて書いたんですが、平松さんの文章を読んでいると、いかに自分が何も覚えていないのかを痛感させられるんです（笑）。

平松　私の場合も、すっかり忘れていることが多いんですよ。ただ、それを思い出すのは、食べている時ではなくて書いている時なんですよねえ。

堂場 なるほど。何かを思い出すきっかけになる食べ物を口に運んでいる時ではなくて、それを整理しながら書いている時に、別の記憶が引っ張り出されてくる、と。

平松 はい。以前に作家の小川洋子《おがわようこ》さんとの共著『洋子さんの本棚』(集英社文庫)でもお話ししたことがあるんですが、あれって本当に不思議なんです。思い出そうと頭を働かせてみてもしーんとしたまま。でも、書いていると、そのときどきの化学反応が生じる感覚があり、その記憶の細部を自分で追いかけてゆく。

堂場 過去に対する触媒になるのが、食べるという直接的な行いではなくて、改めて文字にするという行為なんですね。そういうことは、確かにあるかもしれません。

平松 無意識の領域の話でもあるので、あまり分析しないようにしているんですが、「言葉」が「記憶」の触媒になる、ということが、私の場合はとても多いんです。しかも、何を書くか思いを巡らせている時には、明快な「記憶」としては形をなさない。やっぱり、書いている時なんです。「言葉」と「記憶」には強い連関があるように思いますし、書いている「手」自体も関係しているかもしれません。手を動かして書いていると、意識の針の先に「記憶」が引っ掛かることがあって、自分でも「え? いま何か掛かってるんだけど……」と思いながら、そっと針を上げると、「えーっ!」と驚く「記憶」が釣り上がったりする。自分でも、覚えているということさえ意識していなかったような些末《さまつ》な記憶の断片が。こうしたことが起こるから、書く仕事を続けられているのかな、と思うことがあります。

堂場　とても奥深い世界ですね。そうした体験を経ながら書いた食の文章について、読者からどんな反応があると嬉しいですか。

平松　「面白かった」と言ってもらえるだけで、物書きとしては十分（笑）。

堂場　確かに、それが一番ですね（笑）。

平松　「ありがとうございます！」と思いますね。その上で、「書いてあったあのお店に行きました」「忘れていた記憶が蘇りました」「あの料理を作って食べました」と言っていただけることも多くて。忙しい中、わざわざ足を運んでくださって、貴重な時間もお金も使って……それって大変なことですよね。本当にありがたいなあ、と。同時に、間髪容れずに思わず聞いちゃいます、「大丈夫でした!?」って。

堂場　わかります、わかります（笑）。

平松　いろんな期待を抱いてくださっているわけなので。

堂場　私の場合はこれまで、神保町を舞台にした『夏の雷音』（小学館文庫）で描いた「キッチン南海《なんかい》」に「行きました！」と言ってくださる人が多かったですね。『弾丸メシ』はどうだろう、フィンランドやベルギーまで行く人はなかなかいないかもしれない……（笑）。

平松　いや、でもわかりませんよ（笑）。妄想を刺激して、旅に出かける大きな動機になる。それこそ作家として本望ではないですか。

堂場　もし『弾丸メシ』を読んだことがきっかけで、取り上げたどの料理でも、現地に行って食べたという方がいたら、ぜひ話してみたいですね。「どうでした？　大丈夫でした？」って（笑）。

構成／宮田文久

平松洋子　ひらまつ・ようこ
エッセイスト。食文化や文芸を中心に執筆活動を行う。二〇〇六年『買えない味』で第十六回Ｂｕｎｋａｍｕｒａドゥマゴ文学賞、一二年『野蛮な読書』で第二十八回講談社エッセイ賞、二一年『父のビスコ』で第七十三回読売文学賞を受賞する。『焼き餃子と名画座』『味なメニュー』『食べる私』『日本のすごい味』『そばですよ　立ちそばの世界』など著書多数。

解説

宮田珠己

『弾丸メシ』というタイトルを聞いたとき、一瞬、紀行作家が書いた本かなと思った。ちょうど知り合いのノンフィクション作家が二人『○○メシ』という本を立て続けに出したところだったこともある。昨今はグルメブームで、私のまわりでも料理や食事の本を出す人が少なくない。

ところがよくよく聞けば、ノンフィクション方面の作家ではなく、小説家の堂場瞬一さんが書いた本だという。

何？　堂場瞬一？

おおお、あの駅伝小説の傑作『チーム』を書いた人ではないか！

『チーム』には興奮したのである。以前から箱根駅伝に出てくる学生連合なるチームにひとり胸熱くしていた私は、駅伝は駅伝でも学生連合（小説では二〇一四年以前の「学連選抜」の呼称が使われている）を主人公にした小説があると知って、すかさず読んだのだった。学生連合というのは、箱根駅伝の出場権を獲得できなかった大学のなかから予選会で優秀な成績をおさめた選手を選んでつくった混成チームで、レースに参加はしているものの首位争いに加わることはまずなく、応援しようにも在籍校がバラバラなのでとりとめがなく、正直存在感が薄いというか、あってもなくても大勢に影響がないというか、つまりは地味で注目されにくいチームなのである。

だが地味であっても同じ十人。そこにはひとりひとりの思いがあり、ドラマがある。さらに急ごしらえのチームをまとめる難しさは他の出場校の比ではなかろう。だから私はずっと学生連合の存在が気になっていた。彼らの活躍する箱根駅伝が見たい。彼らの人生が知りたい。学生連合の選手たちはいったいどんな友情で結ばれているのだろう。

そんな狂おしい思いに苛《さいな》まれていたところへ、さっそうと登場したのが小説『チーム』だった。ついに学生連合に日の目が！　堂場さん、ありがとおおう！　って、すみません、興奮しすぎました。このまま『チーム』の文庫解説を書いてしまいたいぐらいの気分だが、今回はそうじゃない。『弾丸メシ』なのである。

それにしても、なぜに突然、堂場瞬一さんの文庫解説が私に？　まさか私が隠れ『チーム』ファンであることが編集部に知られていたのだろうか。

それよりまず編集部は私が大のグルメ音痴であることを知っているのだろうか。とても心配だ。

というのも私は紀行作家のはしくれでありながらグルメにまったく詳しくないことで知られているのである。どのぐらい詳しくないかというと、バス旅のテレビ番組でどこに行ってもオムライスとカレーライスばかり食べている漫画家の蛭子能収《えびすよしかず》さんぐらい詳しくない。何しろ若い頃は食事なんてめんどくさいから錠剤か何かで済めばいいのにと本気で思っていたほどだ。

そんな私がグルメ旅本の解説？

いやほんと書く前から堂場さんに謝りたい気分だ。

ただ、実はそう言いながらもこの頃だんだん旨《うま》いものに興味が出はじめている私でもある。

若いときはまったく関心がなかったのに、最近旨いものが食べたくなってきたのはなぜかと考えるに、たぶん年をとって体力より気力で生きるようになってきたからだろう。エネルギーに変わればなんでもよかった食事が、実は日々のモチベーションアップに重要な要素だと気づいたのである。今さら？　はい、今さらです。遅くてすみません。

『弾丸メシ』の目次を見ると実に多彩な料理が登場している。ワッフル、ソースカツ丼、ステーキ、鯛めしぐらいはわかるが、あとはなんだかわからない。

これらを「必ず日帰り」「食事は一時間以内に済ませる」「絶対に残さない」で食べるのがミッションのようだ。

読みはじめたところ、最初の「円盤餃子」の章に、

《俺は、白い飯が汚れるのが好きなのだ》

というフレーズが出てきて、あ、わかる、と思った。グルメでない私にもその気持ちはよくわかる。

私がこれまでに読んだことのある食エッセイや食レポは、途中から郷土の食文化や料理人の職人気質を褒め称《たた》える方向に話が展開しがちで、読んでも内容が頭に入ってこないことが多かった。著者の方には悪いが、なんかすかしてんな、と思ってしまうのだ。ところが『弾丸メシ』では、《白い飯が汚れるのが好き》と宣言し、白い飯がメニューにないことを嘆いている。これは私でも読んで大丈夫なタイプの食エッセイだと確信した。

さらに「太平燕」の章でも、

《卵があるとなしでは、料理の満足度が二段ぐらい違いますよね》

って、これまた共感。こんなふうに書いてもらうと実にわかりやすい。

「ソースカツ丼&焼きまんじゅう」の章で、トンカツに醤油《しょうゆ》をかけるとあって、さらにピピッときた。

こんな話は食通には当たり前なのかもしれないし、堂場さんもグルメ音痴な私にピピッとこられても自慢にならないとは思うが、なんだかもうそこらじゅう親近感がある。

そうなのだ。ごはんに汁やタレがついたら旨いとか、卵がうれしいとか、トンカツに醤油が合うとか、そういうところなんだ。そういうところが私にとって食べるときの感覚的な喜びなのだ。

何もグルメ旅だからってこだわりの食材が登場しなくていいし、伝統職人の話をしなくてもいい。自然体でいいんだ。

そうして『弾丸メシ』の正直でかっこつけない文章によって、自分の食に対する感覚が掘り起こされ、読むほどにその食べ物が鮮やかに立ち上がってきた。味を詳細に思い浮かべるのは私の想像力では限界があるものの、それでも食べるときの幸福感のようなものが、じわじわと胸に湧き上がってきたのだ。

その後も海外で和風の名前のものを頼むとろくなことはないとか、水餃子は皮を味わう料理だとか、柿の種チョコの最強っぷりとか、うんうん頷《うなず》きながら読んだ。グルメ音痴な自分の中にも、食への思いはたくさんあったのである。

巻末の平松洋子さんとの対談で、堂場さんは食べ物を描写するときは、まず視覚から入り、二番目は匂いや香り、その後は箸でつまんだ時、ナイフで切った時の感触などの手ざわりを描き、それから食べる描写に移るというふうに、五感を満たしていくように書くと語っている。それに擬音語や擬態語はなるべく使わないと。

なるほど。ただ思ったままに書いているわけではなく、そこまで計算されていたのか。

ただ堂場さんも平松さんも味の書き方については触れていない。味はそもそも記述不可能なものだ。きっとグルメな人は、文中のわずかな手がかりから想像を膨らませて味を自分の中で再現できるのだろう。その点、グルメ音痴な私は、読んでも想像が膨らまないから、食の本はたいてい途中で飽きて読み飛ばしてしまっていた。

ところが堂場さんの描写はその食べ物の味はわからなくても食べたいと思わせる。文体がいいのかもしれない。タンタンタンと歯切れがよく、蘊蓄《うんちく》をこねくりまわそうなどとは考えていない。まさに弾丸のような文体だ。最終的にこの本は私のグルメ本に対する苦手意識を見事に吹き飛ばしてくれた。

驚いたことに、堂場さんも子どもの頃に何を食べていたか覚えていないという。思わず膝を打った。さらにお酒を飲まないところなども他人とは思えない。同士！　と呼びたくなった。まあ、堂場さんは迷惑だろうけれども。

読み終えてみて、とくに食べたいと思ったのは鯛めしかな。それか円盤餃子か。横浜で異国料理を探検するのも面白そうだ。申し訳ないけど堂場さんには思い入れがあるらしい新潟のイタリアンは遠慮しておく。焼きそばにトマトソースって、どう考えてもかみ合うとは思えないでしょ。いや、グルメみたいな気取ったこと言ってすみません。そのほか食べたくはないが興味が湧いたのはカラクッコだ。ヘルシンキには行ったことがあるけど、まったく知らなかった。世の中には奇抜な料理があるものだ。

あと「ラッキーピエロ」のハンバーガーも食べてみたい。と思ったら息子に「お父さん、ラッキーピエロのハンバーガー食べたことあるよ」と教えられた。いっしょに函館に行ったときに食べたそうだ。んんん、そうだったのか、まったく記憶に残ってなかった。

そのぐらい私のグルメ評論はあてにならないわけだが、堂場さんも提唱している、地元にしかないファストフードの食べ歩きだったら私にもやれるかもしれない。何よりそんなことをしてみたいと思わせてくれただけでも、私には貴重な読書体験だったのである。

（みやた・たまき　作家）

本書は、二〇一九年十月、集英社より刊行されました。文庫化にあたり、書き下ろしの「番外編2　京都　学生メシ」を加えました。

初出「小説すばる」
第1回　福島　円盤餃子　二〇一八年七月号
第2回　横浜　各国料理　二〇一八年八月号
第3回　函館　「ラッキーピエロ」のハンバーガー　二〇一八年九月号
第4回　熊本　太平燕　二〇一八年十月号
第5回　アントワープ　フリットとワッフル　二〇一八年十一月号
第6回　東広島　美酒鍋　二〇一八年十二月号
第7回　高崎　ソースカツ丼&焼きまんじゅう　二〇一九年一月号
第8回　ヘルシンキ　カラクッコ　二〇一九年三月号
第9回　吉祥寺　ステーキ　二〇一九年五月号
第10回　新潟　爆食ツアー　二〇一九年七月号
番外編1　松山　鯛めし　単行本書き下ろし
番外編2　京都　学生メシ　文庫書き下ろし
対　談　堂場瞬一×平松洋子「食を書く、食と向き合う」二〇一九年十月号

本文デザイン／ＭＯＴＨＥＲ
本文イラスト／秋山洋子

店舗や価格などの情報は取材当時のものです。

堂場瞬一の本

共謀捜査

リヨンで警察官僚の永井が誘拐された！　部下の保井凜は捜査を開始。一方、東京では神谷警部補たちに密命が下り……。執念の刑事チーム最後の死闘、「捜査」ワールドここに完結！

集英社文庫

堂場瞬一の本

宴の前

現職知事の後継者が選挙告示前に急死。元五輪メダリストが対立候補として出馬宣言する中、地元フィクサーや新聞記者、県民たちの思惑が交錯し……。迫真の地方知事選挙小説！

堂場瞬一の本

ボーダーズ

銀行立て籠もり殺人が四十年におよぶ罪の全貌を暴き出す。才能と個性豊かな刑事チーム、警視庁SCU（特殊事件対策班）が活躍！　圧巻の警察小説、新シリーズここに始動。

集英社文庫

弾丸《だんがん》メシ

2022年6月25日　第1刷　　定価はカバーに表示してあります。

著者　堂場瞬一《どうばしゅんいち》

発行者　徳永　真

発行所　株式会社 集英社
東京都千代田区一ツ橋2-5-10　〒101-8050
電話　【編集部】03-3230-6095
【読者係】03-3230-6080
【販売部】03-3230-6393(書店専用)

印刷　凸版印刷株式会社

製本　凸版印刷株式会社

フォーマットデザイン　アリヤマデザインストア　　マークデザイン　居山浩二

ISBN978-4-08-744400-1 C0195